T0247330

Cómo robé la manzana más grande del mundo

A Josemari Almárcegui,
que estuvo en el germen de esta historia.
In memoriam

... Y cosecha hasta que el tiempo y los tiempos
acaben las plateadas manzanas de la luna,
las doradas manzanas del sol.
W. B. YEATS

Editorial Bambú es un sello
de Editorial Casals, SA

© 2022, Fernando Lalana, por el texto
© 2022, Editorial Casals, SA, por esta edición
Casp, 79 – 08013 Barcelona
Tel.: 902 107 007
editorialbambu.com
bambulector.com

Ilustración de la cubierta: Marc Torrent
Diseño de la colección: Estudi Miquel Puig

Primera edición: febrero de 2022
ISBN: 978-84-8343-815-2
Depósito legal: B-334-2022
Printed in Spain
Impreso en Anzos, SL
Fuenlabrada (Madrid)

Cómo robé la manzana más grande del mundo

Fernando Lalana

bam bú

EDITORIAL

1. EL AÑO DE LA EPIDEMIA

Todo esto ocurrió, o al menos así es como lo recuerdo, durante el verano del año de la epidemia, que, como todo el mundo sabe, fue 1967.

Yo estuve entre las decenas de miles de contagiados. Lo pasé mal. Semanas de fiebre alta, de malestar, de desasosiego. Con una mascarilla conectada a una bala de oxígeno siempre al lado de mi cama, por si me faltaba la respiración, aunque lo que nunca me faltaba era el miedo.

Sin embargo aquello también tuvo un lado bueno, un arranque de arcoíris, porque conocí el placer de leer durante los casi cuatro meses de hospital sin más entretenimiento que los libros que mis padres me conseguían a un ritmo mucho menor del que yo los devoraba. Por suerte, había una enfermera que colaboraba en mi abastecimiento literario y de cuando en cuando me traía algunos volúmenes de su propia biblioteca. Se llamaba Susana. Por ella conocí a H. G. Wells y a H. P. Lovecraft. Ahora que lo pienso, tal vez le gustaban en especial los escritores cuyo hombre empieza por hache y punto; pero no, porque también me presentó a Ray Bradbury y a Zane Grey, que no tienen ninguna hache. Yo ya había leído algunas obras de Verne, de Salgari, de Poe, de Mark Twain y de otros autores, digamos, asequibles. Pero Susana parecía empeñada en ampliar mis gustos literarios. Una tarde apareció al principio de su turno con un libraco así de gordo. Mil doscientas páginas. ¿Cuánta gente conocéis que, de verdad, de verdad, se haya leído *Guerra y paz* de pe a pa? Pues yo me lo leí dos veces. Seguidas. Llegar a la última página y empezar de nuevo. Mi tío Ramón, que era hermano de mi padre, también quiso aportar su granito de arena y me traía novelitas de quiosco, *westerns* mínimos firmados por un tal Silver Kane que a él le encantaban. Me duraban apenas un par de horas y debí de leerme unos cincuenta en aquellos días. No podía imaginar que, tras aquel seudónimo seudoamericano, se escondía Francisco González Ledesma, que se convertiría con los años en uno de mis autores preferidos de género negro.

A mediados de mayo me dieron el alta. Seis días antes había muerto mi tío Ramón. Me dijeron que había sufrido un ataque al corazón, pero yo siempre he sospechado que se contagió del virus de tanto venir a traerme sus novelitas del oeste.

AIRE PURO

Los médicos dijeron que mi recuperación dependía mucho del aire puro y que, si era posible, me alejase de la ciudad y me fuese una temporada al campo o, mejor aún, a la montaña.

Que cogiese altura y oxígeno. Y eso que, en aquel tiempo, lo de la contaminación apenas les importaba a cuatro visionarios.

Total, que el día en que me tocaba salir del hospital apareció mi madre con una maleta y me dijo que, sin pasar siquiera por casa, me iba a llevar a la estación de autobuses y me iba a meter en uno que me conduciría a Congedo.

–¿Te acuerdas de Congedo?

–Sí, claro que me acuerdo. Es el pueblo de la abuela Maravillas.

–Allí estarás bien y te recuperarás. Los bosques, la tranquilidad, el río aquel tan limpio... Había incluso un balneario de aguas sulfurosas.

–Ferruginosas. Las aguas del balneario eran ferruginosas, no sulfurosas.

–Ah, bueno, tanto da... En todo caso, es un buen sitio para recuperar la salud.

Recordaba con claridad el detalle de las aguas ferruginosas, pero muy vagamente el propio pueblo, esa es la verdad. Había pasado en Congedo tres medios veranos con mi madre y mis hermanos, hacía ya unos años. Me volvieron a la mente imágenes como de tarjeta postal: un par de torres con campanario, un par de calles, un par de rostros... y también un par de nombres, Telmo y Ramiro, dos chicos del pueblo con los que jugaba entonces, porque mis hermanos eran demasiado pequeños para mí y solo los aguantaba durante un rato.

–¿Tú no vienes?

Mi madre negó con la cabeza.

–Tengo que cuidar de tus hermanos. Además, la abuela y yo ya sabes que no nos llevamos bien. En cambio, a ti te adora.

–¿En serio? Por eso no nos hemos visto desde hace... ¿cuánto? ¿Seis años?

–Eso son cosas de la familia. No tiene nada que ver contigo. Iremos todos a verte un domingo, en cuanto podamos. Será pronto, ya lo verás.

Como teníamos tiempo sobrado, mi madre me propuso ir caminando hasta la estación de autobuses.

–Si crees que puedes hacerlo, claro. Si estás demasiado débil, podemos coger el tranvía o un taxi.

–Podré. Estoy bien.

–Yo te llevo la maleta.

Echamos a andar. Había crecido al menos cuatro dedos durante mi estancia en el hospital y la ropa me venía corta y, al tiempo me sobraba de ancho, porque también había adelgazado. Debía de tener una facha espantosa y pensaba que todos los transeúntes me miraban, así que me sentía morir de vergüenza. No era así, por supuesto. Nadie se fijaba en mí. Tan solo yo, que lo hacía de reojo en los escaparates de las tiendas de novedades, sin apenas reconocerme en aquella silueta desgarbada.

Llegamos en veinte minutos a las cocheras de La Numantina. Mi madre se acercó a la taquilla para sacar el billete y yo me quedé en pie, junto a mi maleta y un anuncio de limpiacristales Netol.

–Aquel es tu autobús –dijo ella al regresar, señalando un Pegaso azul y blanco–. Sale en media hora, así que nos da tiempo de ir al bar. Te compraré un bocadillo de jamón, para que te lo comas durante el viaje.

–En realidad, tengo hambre ahora.

–¿Sí? Eso es muy buena señal. Entonces, vamos a comer

algo ya, que también a mí me apetece. ¿Un pincho de tortilla de patata y un Kas de naranja?

–Vale. ¿Tampoco viene papá a despedirme?

–Tu padre está en el trabajo y no puede faltar; pero te manda un beso grande.

–Podíamos haber comido juntos, al menos.

Mi madre miró al suelo.

–Lo estuvimos pensando, pero... al final, decidimos que lo mejor era que salieses cuanto antes hacia Congedo. Los médicos, en fin, ya sabes, en realidad no están seguros de nada.

Entendido. Todos estaban cagaditos de miedo con la posibilidad de contagiarse de mi enfermedad.

El pincho de tortilla estaba de muerte. Y no era una ración miserable, sino medio cuarto de una tortilla enorme y gordísima. Además, me llevé el bocadillo de jamón envuelto en papel de estraza y una botella de medio litro de agua del Vichy Catalán.

Por fin, al pie de la escalerilla del autobús, mi madre me abrazó fuerte y me dio un beso que me marcó la mejilla de carmín.

–¿Cuánto dura el viaje? –pregunté por preguntar.

–Unas tres horas y media.

–Caray...

–Es que no va directo, sino que entra en todos los pueblos. Ármate de paciencia.

–Después de cuatro meses de hospital, tres horas y media me van a parecer un suspiro...

–¡Vamos, que nos vamos, que tenemos que irnos! –gritó el conductor, con un marcado acento gallego.

2. LLEGADA A CONGEDO

A Congedo se entraba por un túnel.

Hasta que hicieron el túnel, la carretera daba una vuelta tremenda, subiendo y bajando y retorciéndose entre campos de almendros como una culebra. Pero en los remotos tiempos en que la abuela Maravillas tenía mi edad, el Gobierno decidió perforar un túnel de casi quinientos metros bajo la sierra Filomena y hacer pasar por allí la carretera, así que llegar a Congedo era como entrar en un parque temático: un sitio misterioso, guardado por montañas misteriosas, poblado de gentes misteriosas y congelado en un tiempo pasado. Y misterioso.

Cuando el autobús de La Numantina se detuvo en la plaza del Foro, junto a la fuente de los nueve chorros, me había quedado en estado de embeleso, tratando de unir las imágenes del pueblo con mis escasos recuerdos de tiempo atrás.

–¡Congedo! –exclamó el conductor–. ¡Solo parada!

Di un respingo. Salté de mi asiento, tropecé y caí en brazos de mi tercer y último compañero de viaje, un representante de vajillas de Duralex que usaba peluquín y no había dejado de hablar desde que subió en Ateca.

—¡Disculpe! Es que tengo que bajar aquí y me había despistado. Esto es Congedo, ¿verdad?

—Sí, Congedo. Pasa, anda, pasa... ¡Pasa, pero no me pises! ¡Ja, ja, ja! ¡Eh, que te dejas la botella de agua de Vichy, calamidad!

—¡Ah, sí! Gracias.

Cuando logré apearme del autobús, el conductor estaba a punto de cerrar la portezuela del maletero.

—¡Espere! Espere, que tengo que recoger mi maleta. Es esa, la de color gris.

Me la alcanzó, con gesto de disgusto.

—Toma. Y a ver si espabilamos, joven. Luego, todo es protestar porque el autobús llega con retraso. ¡No ha de llegar, si la gente no se apura y una parada de un minuto acaba durando diez!

—Lo siento...

Rescatada mi maleta, permanecí en pie junto a la fuente, viendo cómo el vehículo arrancaba y se alejaba camino del siguiente pueblo. Tenía sed y me volví para echar un trago largo del agua de la fuente. Sabía a hierro dulce. Era como pasar la lengua por la vía del tren.

Y, de pronto, mientras me secaba los labios con el dorso de la mano, entre la nube de polvo y el humo de escape que dejó el autobús tras de sí surgió, como lo habría hecho de entre la niebla londinense, una silueta menuda que, brazos en jarras, me miraba con el ceño fruncido.

Aunque había cambiado mucho, la reconocí al instante.

—Hola, abuela.

–¿Ofelia? ¡La leche, cómo has crecido! Anda, ven y dame un puñetero abrazo. ¡Pero nada de besuqueos! A ver si me vas a contagiar el virus ese de las narices, que ya no estoy en edad de pillar una maldita neumonía atípica.

–No te preocupes. Los médicos me han dicho que ya no soy contagiosa.

–¡Qué sabrán los médicos de medicina! ¡Lo que yo de hermenéutica!

Al acercarme a ella para abrazarla, comprobé que, en efecto, era algo más bajita que yo, todo lo contrario que la última vez que nos habíamos visto. Los años no perdonan.

–¿Cómo está la idiota de tu madre?

–Está bien. Estamos todos bien. Yo soy la que está peor y ya me han dado el alta, por suerte.

–Cuando me llamó anteayer por teléfono, no me lo podía creer, después de tanto tiempo. Claro que era para pedirme un favor, si no, de qué. Y lo de tu alta, será por lo alta que estás, pero te veo en los malditos huesos. Habrá que hacer algo para que te recuperes, que te veo lisa como una tabla.

Las mejillas se me encendieron como un semáforo.

–Bueno, yo..., lo cierto es que nunca he tenido mucho pecho, abuela.

–¿No? Vaya por Dios... Normal, por otra parte: ni tu madre ni yo hemos tenido nunca eso que se llama un tipazo. ¡Podías haber salido a tu otra abuela, que no tenía nada que envidiarle a Sofia Loren! La genética es imbécil, siempre lo he dicho. En fin, para qué hablar...

Caminábamos por la calle de Octavio Augusto, que, dicen, fue el fundador de Congedo en el siglo menos uno, aunque el hecho no está documentado, sino que se basa en una historia popular trasmitida de padres a hijos durante dos mil cien años. Como para fiarse.

Había muchas macetas con flores y plantas colgando de las barandillas de los balcones. A nuestro paso, se iban asomando algunas vecinas.

–¿Esa es tu nieta, Maravillas?

–¡Mi nieta Ofelia, sí, señora!

–¡Caray, cómo ha cambiado la niña!

–¿A que está guapa?

–Ya lo creo. Un poco flaca, si acaso.

–Eso lo arreglo yo en diez días, ya veréis.

–¡Bienvenida a Congedo, Ofelia!

–Gracias, doña...

–Luisa –susurró mi abuela.

–¡Gracias, doña Luisa!

LA CASA

La casa de la abuela no estaba ni bien ni mal. Una casa de pueblo, de las que se estilan por la zona, con dos plantas y falsa, o sea, buhardilla. Mi habitación estaba en el segundo piso y era acogedora, pintada de azul, con suelo de madera, una cama algo justa para mi nuevo tamaño y una ventana que daba a la calle de Marco Tulio Cicerón. Por lo visto, Cicerón acudió a Congedo a tomar las aguas en el invierno del año 45 antes de Cristo. Cuando se conmemoraban dos mil años justos de aquella visita, el Ayuntamiento le dedicó esa calle, que antes se llamaba la calle de Enmedio. Sí, todo junto.

–Abuela, estoy cansadísima. Voy a deshacer la maleta y me acostaré un rato, si no te importa. Despiértame cuando quieras.

–Deja la condenada maleta para luego y acuéstate ya, mi niña. No te tumbes sobre la cama. Ponte el camisón y métete dentro. Se nota que necesitas descansar y eso es lo primero y lo más importante.

No abrí los ojos hasta que mi abuela me tocó en el hombro. Ya era de noche. A través de la ventana, la luz de la luna.

–Te he traído un vaso de leche tibia y un par de magdalenas. Cómetelas y sigue durmiendo.

–Gracias, abuela. ¿Qué hora es?

–¡Qué más da, demonios! En Congedo, el tiempo carece de importancia.

Desperté a la mañana siguiente, con las primeras luces del día. Me encontraba mucho mejor, descansada, despejada. Y hambrienta.

Bajé a la cocina y mientras trataba de encontrar algo para desayunar, apareció mi abuela. Y empezó a señalar a un lado y otro.

–Ahí tienes leche, el butano se abre de aquí; cerillas; los cazos, los platos, los cubiertos; debajo de ese paño, el pan de ayer; las tortas, la mermelada, el queso, la mantequilla... Y si te gusta el café, hacemos café.

–Pero... ¿café, café?

–Cariño, en esta casa no entrará la achicoria mientras yo viva. Antes prescindo del papel higiénico que del café. Acércame la cafetera, anda.

–¿Cuál va a ser el plan diario, abuela? –pregunté, tras el café con leche y las tostadas con mermelada de cascabelillos.

–Eso ya lo estableceremos a partir de la semana próxima. De aquí al sábado, dieta de engorde.

–Pero, ¡abuela...!

–Ni pero ni Pérez. A partir del domingo, haremos excursiones, tomaremos el sol, limpiaremos algo la casa, ya que estás aquí para ayudarme... Para todo eso, primero necesitas recuperar fuerzas.

–¿No pensarás tenerme cuatro días metida en casa sin hacer otra cosa que comer y dormir?

–Depende. ¿Te gusta leer?

La pregunta me sorprendió. No imaginaba que la lectura fuera asunto de interés para la abuela Maravillas. Nunca se había hablado de ello en mi familia.

–Lo cierto es que me encanta leer, abuela.

–Y ¿qué has leído? *Mujercitas*, como si lo viera.

–Pues no. Algo de Julio Verne, Emilio Salgari, Jack London, Poe...

–Eso son bobaditas. Me refiero a...

–También he leído *Guerra y paz*, de Tolstói.

La abuela alzó las cejas. ¡Zas! De golpe. Como si tuvieran un resorte.

–En versión para niños, imagino.

–En versión completa de la editorial Vergara, traducción directa del ruso. Dos veces.

Me lanzó una de las miradas que yo ya empezaba a entender. La mirada de los descubrimientos inesperados.

–Muy bien, lectora, muy bien... –Echó mano al bolsillo y

sacó una llave grande, antigua, negra, pesada–. En ese caso, sígueme, si te atreves.

Subimos al primer piso y, de allí, accedimos a la buhardilla a través de una escalera en forma de ele que, en su último tramo, era poco más que una escala de mano con barandilla. Al final de esa escala, había una puerta. La puerta tenía una cerraja que se abría con la llave que la abuela me había enseñado.

Y ¿sabéis qué? Que introdujo la llave en la cerraja y abrió la puerta.

LA BIBLIOTECA

Era una biblioteca. Una biblioteca magnífica, alucinante, encandilante, apetitosa para cualquier buen lector. Y no solo era una gran habitación abuhardillada repleta de libros. Era también una maravillosa sala de lectura. Poseía un enorme ventanal abierto en una de las vertientes del tejado, por el que la luz natural penetraba a raudales. A través del ventanal, podía atisbarse a lo lejos el verde oscuro de los bosques de pinos de la sierra Filomena. Y bajo la cristalera, aguardaban a sus futuros ocupantes dos mecedoras de madera clara y asiento de rejilla.

Contra la pared derecha se apilaban algunos muebles, viejos pero no en mal estado. Era la única zona de la estancia que cumplía con su misión original: la de servir de desván. En cambio, cerca de la pared izquierda, la orientada al norte, distinguí una estufa de leña, de hierro fundido, cuyo tubo atravesaba el tejado como un largo dedo negro y que se adivinaba más que suficiente para calentar la estancia incluso en los días más fríos del invierno. A ambos lados de la estufa, una buena cantidad de leña cortada en trozos pequeños, lista para usar.

Me imaginé allí, durante una fría mañana, con la estufa a todo meter, mientras el aguanieve producía sobre el ventanal un repiqueteo embrujador como sonido de fondo para la lectura de *La isla misteriosa* o *Los hermanos Karamázov*, y se me hizo la boca agua.

–Oh, Dios mío... –susurré, con la misma devoción que lo habría hecho un buen cristiano al entrar en la capilla de la Natividad, mientras caminaba ligera, tratando de que no crujiera la tarima del suelo.

–¿Qué te parece? ¿Crees que podrás aguantar hasta el domingo con ayuda de esto?

Giré sobre mí misma para abarcar la buhardilla entera, que era diáfana y, por tanto, tan grande como la planta entera de la casa.

–¡Es fantástica! ¿Puedo quedarme aquí ya?

–Por supuesto. Si sale el sol, será más que suficiente para caldear el ambiente. Si no, quizá haya que encender la estufa.

–Yo creo que estaré bien. Puedo coger una manta, por si acaso.

–Buena idea. Así podrás hacerte a la idea de que estás leyendo sobre la cubierta de un crucero.

–¿Quién necesita un crucero, teniendo esto? No quiero ni me hace falta imaginar nada. Voy a pasar la mañana leyendo en la biblioteca abuhardillada de la casa de mi abuela. ¡Ni el generalísimo Franco tendrá un plan mejor para hoy! ¿Qué me aconsejas?

–Lo primero, que no menciones a Franco en esta casa ni para bien ni para mal. Ni en este pueblo.

–Ah..., lo siento.

La abuela Maravillas hizo un gesto así, con la mano, como quitándole importancia, y empezó a caminar de acá para allá, examinando los estantes repletos de volúmenes, como si anduviese en busca de un título en concreto. De pronto, tomó una pequeña escalerita de madera de tres peldaños con pasamanos de latón, se subió a lo alto y tomó un libro al que le sopló el polvo enérgicamente. Me mostró la portada.

–¿Has leído *El libro de la selva*?

–No.

–Ya tardas.

Fueron tres días estupendos. Comer, dormir, leer, dormir, leer, comer y dormir. Y leer. Cayeron *El libro de la selva*, *Moby Dick* y un puñado de los *Episodios Nacionales* de don Benito Pérez Galdós, seleccionados al azar.

–¿Cómo has reunido tantos libros, abuela?

–Es fácil: tengo setenta y siete malditos años y jamás he tirado un libro. Tampoco los presto a nadie: libro prestado, libro perdido. Libro que cae en mis manos, libro que acaba encontrando su hueco en esta buhardilla para siempre.

Me sentía feliz. Podría haber estado así, solo comiendo, durmiendo y leyendo, durante el resto de mi vida.

TARTA

Sin embargo, la abuela tenía otros planes para nosotras. El domingo nos esperaba ya la primera excursión.

–¿Adónde iremos, abuela? –le pregunté durante la comida del sábado, que fue bacalao al ajoarriero.

–Como ir de caminata con el único propósito de andar me parece una soberana estupidez, siempre que salgamos de excusión será con un objetivo concreto. El objetivo del próximo domingo será la recolección de caléndulas.

–¿Caléndulas?

–Quiero hacer una tarta maravilla, que es mi postre estrella.

–Será porque se llama como tú.

–Eso será. Y aunque la tarta maravilla tiene las fresas como principal ingrediente, para mi receta secreta necesito también pétalos de caléndulas, que, como bien sabrás, también se llaman maravillas. En nuestro valle, hace varios años que no florecen las caléndulas, así que tendremos que ir a buscarlas a Pallarés. Ese será el motivo para salir de excursión.

PALLARÉS

Pallarés es el valle siguiente, paralelo al de Congedo. Ambos están separados por la sierra de Las Estribaciones, más baja que la sierra Filomena, pero igualmente imponente.

Así que el siguiente domingo la abuela Maravillas y yo nos levantamos pronto, desayunamos y nos vestimos de excursionistas: pantalones de pana, gorras de visera, zamarra de paño y botas de monte. La abuela, además, sacó de un armario una mochila antigua y su bastón de caminante, con puntera metálica.

–¿Qué tal?

–Perfecta. En lugar de mi abuela, pareces la abuela de Edmund Hillary.

–Vamos, entonces. Pasaremos primero por la plaza de la iglesia porque he quedado allí con alguien a quien ya conoces.

–¿Ah, sí? ¿De quién se trata?

–De Ramiro. Ramiro Aguinagalde, el hijo del taxista.

Ramiro.

Había pensado un par de veces en él desde mi llegada. Su recuerdo y el de Telmo se habían difuminado un tanto con los años y sentía curiosidad. Había supuesto que no tardaría mucho en encontrarme con ellos. Y con Ramiro, mira por dónde, lo iba a hacer de inmediato.

Tardamos apenas cinco minutos. La abuela, de repente, lanzó el mentón hacia delante.

–Ah, mira, ahí tenemos a Ramiro.

RAMIRO

Al principio miré a un lado y otro, porque no veía a nadie cuyo aspecto respondiese al recuerdo que yo tenía de Ramiro, el de un chico más bien gordito, de escasa nariz, ojos siempre legañosos y algunos dientes más de los que le cabían en la boca.

Entonces, alguien avanzó sonriente hacia nosotras. Y, en un primer momento, pensé que no podía ser cierto. Sin embargo, un segundo y tres décimas más tarde, tuve que rendirme a la evidencia de que solo podía tratarse de él. Y sentí como si me atropellase un motocarro porque, caramba, si yo había cambiado y mi abuela había cambiado, Ramiro había cambiado muchííísimo más.

–Hola, Ofelia. Cuánto tiempo sin vernos. –Pasmoso: hasta la voz le había cambiado–. ¿Cómo te va?

Me dio dos besos en las mejillas y me dejó las piernas temblando.

–Ho... hola, Ramiro. Sí, muchos años. Yo..., caray, no sé si te habría reconocido.

–En cambio, yo a ti sí. Sin ninguna duda y al primer vistazo.

Lo diré sin tardanza ni circunloquios: estaba guapísimo. Guapo no: guapísimo. Los ojos legañosos habían perdido las legañas y tenían el color de la miel de romero. La nariz había adquirido un tamaño idóneo. Cada uno de sus dientes parecía haber encontrado milagrosamente su lugar definitivo y ahora, en perfecta formación, dibujaban entre todos una sonrisa demoledora. Era alto, estaba macizo y tenía el pelo ondulado, color negro de azabache. Un bombonazo, se mirara por donde se mirase.

–Me alegro de volver a verte –conseguí articular, mientras él me retenía la mano entre las suyas un momento–. Y..., eh..., esto..., ¿sabes qué ha sido de Telmo?

¿Por qué le preguntaba eso? Valiente estupidez. ¿Qué me importaba a mí Telmo en ese momento? Los nervios, supongo.

–¿Mi primo? –Cierto, Ramiro y Telmo eran primos y yo lo había olvidado, como tantas otras cosas–. Está interno en los salesianos de Zaragoza. Este año ha empezado el bachillerato superior. No te ha llamado, ¿verdad? Yo le dije que lo hiciera, pero ha debido de darle apuro. ¡Qué memo! Tener en la ciudad una amiga como tú y no llamarla. En fin, él sabrá. Yo, de haber estado en su lugar, sí te habría llamado, pero... mis padres prefirieron que estudiase en el instituto de Calatayud.

«Olvida a Telmo y céntrate en Ramiro, mema.»

Tragué saliva, procurando que no se me notase.

–Estás estudiando también el bachillerato, entonces.

–En realidad, lo terminé el año pasado, reválida incluida. Ahora estoy con el preu. Voy y vengo cada día en autobús a Calatayud, así que pierdo un montón de tiempo, pero... es más barato que vivir allí o en Zaragoza. Mis padres no se lo pueden permitir.

«Habrías podido alojarte gratis en mi casa.»

Eso fue lo que pensé, pero no se lo dije, claro. En un instante, imaginé lo que habría sido tener a Ramiro los últimos tres años viviendo en el cuarto de al lado y se me nubló la vista por un segundo.

–Pero... si estás estudiando el preu es porque piensas ir a la universidad, ¿no?

–Si paso la prueba de madurez, me gustaría, desde luego. Creo que podría trabajar y estudiar a la vez y así pagarme el alojamiento en un piso de estudiantes o en un colegio mayor.

–¿En Zaragoza?

–Depende. Eso está por decidir.

–¡Bien! No todo está perdido.

–¿Cómo dices?

Maldición. Esta vez, había pensado en voz alta.

–¿Eh...? No, nada, que... Nada, nada.

Me sonrió. Le sonreí.

–¿Y tú?

–Pues... estaba haciendo sexto y... pillé el virus.

–El virus de las narices –intervino mi abuela.

–Ese mismo. Así que supongo que perderé el curso y tendré que repetir.

Ramiro me sonrió y se me heló la punta de la nariz. Lo juro, se me quedó fría, fría.

–Bah, no te preocupes –dijo–. Parece que perder un año sea una catástrofe, pero la vida es muy larga; seguro que no tiene ninguna importancia. Y, mientras tanto..., aquí estás. Algo bueno tenía que traer la epidemia. Y resulta que te ha traído a ti.

–Sí. Aquí estoy.

–Habrá que aprovecharlo.

No entendí a qué se refería y ya no supe qué más decir. Creo que estaba absolutamente embelesada. Quizá fuera algo normal, tras cuatro meses de hospital sin ver a más hombres que mi padre, mi tío Ramón, que en paz descanse, y un par de médicos que nunca supe si eran guapos o feos porque llevaban puesta una mascarilla quirúrgica permanentemente.

–Bueno, ¿qué? –preguntó entonces mi abuela–. ¿Nos ponemos de una vez en marcha, tortolinos?

Me sobrevino un sofoco. ¿Tortolinos? ¿Por qué había dicho mi abuela tortolinos? ¿Tanto se me notaba? ¿Tortolinos y tortolitos es lo mismo?

–¡Claro que sí, Maraví! –exclamó Ramiro–. ¡En marcha!

–¿Cuántas veces tengo que decirte que no me llames Maraví? Sabes que lo odio.

–Por eso te lo digo: para hacerte rabiar –exclamó Ramiro, entre risas.

–Sí, ríe, ríe. Pero ten cuidado, a ver si vas a conseguir lo que deseas. ¡Insurrecto!

Echamos a andar aproximadamente hacia el suroeste. Primero los tres, hombro con hombro, con mi abuela en el centro. Luego, al salir del pueblo y tomar la carretera, ella se puso en cabeza y quedamos Ramiro y yo uno junto al otro. El paso vivo que imprimió mi abuela a la marcha no invitaba a la conversación, pero yo lanzaba rápidas miradas de cuando en cuando sobre mi recién recuperado amigo. Esperaba que él hiciese lo mismo conmigo cuando yo no lo mirase.

EL PASO DE LA SOSPECHOSA

Al igual que el Ministerio de Obras Públicas perforó en su día el túnel de La Horadada para salvar la sierra Filomena y ahorrar varios kilómetros de carretera, había también un túnel que atravesaba la sierra de Las Estribaciones y conducía al valle de Pallarés. Pero este túnel, al que llamaban el paso de La Sospechosa, era minúsculo, sinuoso, oscuro y peligroso. Solo se podía transitar a pie y, en algunos puntos, con dificultades casi espeleológicas. Por supuesto, no permitía el tránsito de vehículos de ningún tipo, que debían recorrer obligatoriamente ocho kilómetros de revirada carretera a cielo abierto si querían pasar de un valle al otro.

La noche anterior, el tiempo había empeorado y el viento parecía compuesto por ráfagas de viscosa humedad.

Comenzamos por seguir la carretera hasta la antigua fábrica de pólvora, a partir de la cual nos desviamos para iniciar el ascenso que nos llevaría a la entrada occidental del paso de La Sospechosa, la boca de Gargantúa.

Pero fue antes, al pasar frente a un huerto abandonado situado entre el molino viejo y la fábrica de pólvora, cuando fui consciente por primera vez de que algo malo y misterioso ocurría en Congedo desde hacía un tiempo.

Fue en aquel preciso lugar donde la abuela se acercó hasta un árbol –enorme, para tratarse de un frutal– que crecía junto a la cuneta, cortó con su navaja la punta de una de las ramitas nuevas y chupó la savia.

–También se está muriendo –susurró, mientras torcía el gesto–. Se secará sin remedio. La maldición avanza y ya llega hasta aquí.

Ramiro y yo nos miramos. Curiosamente, recordaba aquel árbol. Era con sus frutos, que maduraban en verano y que la gente del pueblo llamaba cascabelillos, con los que mi abuela preparaba su famosa mermelada. La misma que había tomado yo en el desayuno de estos últimos días.

–Este año no habrá cascabelillos, entonces –dijo Ramiro.

–No habrá cascabelillos nunca más –sentenció la abuela–. Se acabó la mermelada, Ofelia. Procura guardar su sabor en la memoria porque cuando te termines la que queda en el frasco, no volverás a comerla jamás.

Compungidos por aquella horrible profecía, reemprendimos la marcha y yo no tardé en hacerle una seña a Ramiro para que me atendiese. Le hablé en un susurro, mientras sentía un agradable cosquilleo en el estómago tan solo con su cercanía.

–¿A qué se refiere mi abuela cuando habla de «la maldición»?

Ramiro quedó serio y dudó, inseguro sobre cómo explicarlo.

–Verás..., desde hace algunos años, ciertas cosas no van bien en Congedo. Digamos que... el valle, poco a poco, se va secando. Se va volviendo improductivo.

–¿Por qué?

–No lo sé. Los huertos, los jardines, los frutales..., incluso los árboles ornamentales que plantó el Ayuntamiento, van perdiendo fuerza, se marchitan y mueren. Las hortalizas son cada vez más pequeñas y raquíticas. Las flores están como... apagadas. Y esa especie de sequía se va extendiendo poco a poco, va ganando terreno, año tras año. Cada vez llega más lejos. A eso lo llama tu abuela «la maldición».

–¿Y no ocurre en otros pueblos cercanos, como los del valle de Pallarés?

–No. Al menos, por ahora.

–Sí que es extraño...

GARGANTÚA

Menos de quince minutos después, llegamos a la boca de Gargantúa.

–Toma, Ofelia. Ilumina tú el camino –me ordenó mi abuela, entregándome una linterna azul con pila de petaca que sacó de la mochila.

–¿Por qué yo? Es la primera vez que entro en el túnel.

–Por eso irás con más cuidado que nosotros. No hay nada peor que el exceso de confianza. Adelante.

Me pareció una razón de poco peso, pero opté por no discutir y, linterna en mano, me puse en cabeza.

Al principio, el túnel era relativamente ancho y con el suelo en buen estado. Además, la luz que entraba desde el exterior permitía ver dónde ponías los pies durante las primeras decenas de metros. Luego, el trazado en curva traía consigo las tinieblas que, al cabo de cien metros, eran totales y absolutas. Yo iluminaba delante de mí y, luego, trataba de enfocar la linterna hacia atrás, para facilitar el avance de mi abuela. Ramiro cerraba el grupo y no sé cómo se las apañaba para seguirnos sin tropezar continuamente.

Tras veinte minutos de lento avance, topamos con un arroyo subterráneo que se atravesaba en nuestro camino.

–Es la torrentera de Rubicón –dijo mi abuela–. Bien. Significa que llevamos más de medio camino.

Lo iluminé para que ella y Ramiro lo cruzasen sin problemas pisando sobre dos bloques de hormigón depositados encima del cauce a tal fin. Sin embargo, al llegar mi turno de vadear el arroyuelo, decidí cruzarlo de un salto porque me pareció más fácil y rápido.

No sé qué ocurrió. Me despisté, o quizá los meses de hospital habían mermado mi coordinación, quién sabe... El caso es que al tomar impulso resbalé y, además de que me propiné un tortazo de aúpa, la linterna fue a parar al agua.

–¡Ofelia! –oí gritar a Ramiro–. Ofelia, ¿estás bien?

–¡Tranquilos! Tranquilos, no os preocupéis –respondí muy apurada, chapoteando en el agua del Rubicón, que estaba helada, por cierto.

–¡La linterna! ¿Dónde está la linterna?

–¡Calma! –pedí, mientras palpaba a mi alrededor–. ¡Seguro que no pasa nada! ¡Las linternas de buena marca son sumergibles!

Pero la nuestra debía de ser de mala marca porque, cuando la rescaté, chorreante, se negó a funcionar de nuevo.

Estábamos, pues, completamente a oscuras.

–¿Se puede ser más torpona y metepatas? –clamó mi abuela a grito pelado–. ¿Estás bien, al menos? ¡Ofelia! ¡Contesta, demonios, que no te veo!

–¡Que sí, abuela, que sí, que estoy bien! Solo un poco... empapada.

–¡Ay, dios del infierno! Vas a coger un pasmo, como si lo viera... Teníamos que haber dejado esto para la semana que viene. Estás todavía muy débil, por eso te has caído en el Rubicón. Y ahora ¿qué hacemos, eh? Sin luz. ¡Y estamos en el centro del túnel! ¡A mitad de camino!

–Habrá que seguir adelante al tentón –propuso Ramiro.

–¡Eso es muy peligroso! No se ve un pimiento.

–¡Callad los dos un momento! –grité, entonces–. La linterna quizá no funciona porque se ha mojado por dentro. A lo mejor vuelve a lucir en cuanto se seque. Voy a abrirla y a soplar.

–¿Soplar?

–¡Para intentar secar las conexiones!

–Yo voy a seguir adelante, a ver si puedo llegar al final del túnel y pedir ayuda –propuso Ramiro.

–¡No, no, no! –replicó mi abuela–. ¡Quieto aquí, Ramiro! Una cosa detrás de la otra. Si Ofelia no logra arreglar la linterna, entonces vas a por ayuda. Pero ¡no antes!

Se produjo un silencio.

–¿Y tú qué haces, que no estás soplando?

–¡Ah! ¡Ya voy, ya voy!

Logré abrir la linterna y salió agua del interior. Comencé a soplar, pero noté que enseguida me faltaba el aire.

–Me canso...

–Pues claro. Si hace cuatro días estabas en el hospital con neumonía.

Daba tres o cuatro soplidos fuertes y luego descansaba, tratando de respirar hondo y recuperarme, antes de volver a soplar. Estaba helada de frío.

CORREDOR FANTASMA

De pronto, me pareció escuchar un sonido rítmico y muy tenue, que nada tenía que ver con los crujidos de la roca o el murmullo del agua.

–¡Eh! ¿Qué es eso?

–¿El qué?

– ¡Escuchad!

–Yo no oigo nada –dijo Ramiro.

–Y yo menos, porque empiezo a estar ya bastante teniente –reconoció mi abuela.

El sonido poco a poco se fue haciendo más presente.

–Tenías razón: ahora sí lo oigo –murmuró Ramiro–. ¡Qué cosa extraña! Es como... como si alguien se nos acercase corriendo al trote.

–¡Eh! ¿Hay alguien ahí? –grité, con el estómago encogido.

–Tal vez vengan a buscarnos –aventuró Ramiro.

–Lo dudo –sentenció mi abuela–. Nadie sabe que estamos aquí.

El sonido de aquel trote –cadencioso, regular, olímpico– se fue aproximando más y más, hasta que llegamos a sentirlo tan cerca que parecía estar entre nosotros. Yo abría unos ojos como panderetas tratando de distinguir algo en medio de las tinieblas. Sin embargo, todas aquellas sensaciones no parecían concretarse en una presencia real.

Resultaba desconcertante.

–No puede ser... –susurré perpleja–. ¿Qué es esto, abuela? ¿Qué está pasando?

Por toda respuesta, mi abuela lanzó un chistido que me obligó a cerrar la boca. Me sentía confusa y aterrada, hasta que, de pronto, un instante más tarde, caí en la cuenta. Lo hice cuando sentí el sonido no ya junto a nosotros, sino... sobre nuestras cabezas.

—¡Pues claro! Ya sé lo que pasa —susurré—. No está aquí. Ese tipo no trota hacia nosotros, sino... por encima de nosotros. ¿Cómo es posible? ¿Qué hay sobre la bóveda del túnel?

—Tan solo la montaña —dijo Ramiro, con la voz velada por el miedo—. ¿Cómo es posible? ¿Cómo puede alguien correr a través de la roca maciza? ¡Solo un fantasma podría hacerlo!

—Déjate de fantasmas, Ramiro —le pidió mi abuela—. Hay una explicación mucho más sencilla: alguien está corriendo por las galerías de la mina abandonada, que está justo encima de nosotros.

—Pero... eso también es imposible. La mina está sellada.

LAS DOLINAS

La vieja mina de Las Dolinas fue durante siglos una de las explotaciones subterráneas más peligrosas del país. Su última propietaria, la Compañía Uruguaya de Piritas (COMPURUPIRI, S. A.), decidió, a mediados de la pasada década, suspender definitivamente la extracción del mineral y dinamitar sus accesos para evitar más accidentes. Desde entonces, resulta imposible entrar en ella y recorrer sus galerías.

Las Dolinas era un lugar maldito. Durante el tiempo que estuvo en funcionamiento, los incidentes fueron constantes. Se decía que en Las Dolinas había más hombres enterrados que en el cementerio de Congedo. Mi propio abuelo había muerto allí, veintitrés años atrás, en uno de los múltiples derrumba-

mientos. Y allí seguía, en alguna parte, pues en aquella ocasión, como en tantas otras, no fue posible rescatar su cuerpo ni el de sus compañeros.

* * *

De repente, justo cuando los pasos resonaban sobre nuestras cabezas, el trotador misterioso se detuvo. Y, en ese instante, también se pararon nuestros corazones. Aguzando mucho el oído, percibimos un nuevo sonido: el de una respiración sofocada por el ejercicio; el silbido del aire penetrando en las fosas nasales, camino de unos pulmones apremiados por el esfuerzo. El hombre que trotaba se hallaba, pues, detenido exactamente sobre nosotros. De modo inexplicable, me sentí observada a través de la pared de roca y a pesar de la oscuridad impenetrable.

Entonces, de sopetón, se pudo oír la voz de la abuela Maravillas. Aunque no parecía la suya, sino otra, mucho más ronca y profunda, como si un diablo la hubiese poseído y hablase por su boca.

−¿Qué andas haciendo aquí, calandrajooo? −exclamó a pleno pulmón, enfurecida−. ¡Sé bien quién eres, landrero! ¡Maldigo el día en que apareciste por aquí con tu mirada de chupasangres!

Pese a la fama de malhablada de mi abuela, jamás la habría imaginado profiriendo expresiones semejantes. Parecía estar fuera de sí.

−¡Tahúr de la estepaaa! ¡Mejor harías en volver a tu tierra maldita y podrida! ¡Butronerooo! ¡Nosferatuuu...! ¡Ladrón de tumbaaas...!

Yo no entendía nada, pero me sentía aterrada, al borde del pánico. Aunque no la veía, podía imaginar la expresión de mi abuela, completamente desencajada, alterada por el odio o por el miedo o por una mezcla de ambos. Di gracias a la oscuridad.

Y entonces, sin más, el misterioso corredor volvió a ponerse en marcha; uno, dos, uno, dos, uno, dos..., hasta que sus pasos se perdieron en la lejanía.

Entonces, Ramiro dijo:

–Ofelia, prueba a encender otra vez la linterna.

Lo hice. Y funcionó.

De inmediato, nos pusimos en marcha, envueltos los tres en un nervioso silencio que no rompimos hasta ganar el exterior a través de la boca de Pantagruel, la salida oriental del paso de La Sospechosa.

Yo tiritaba de frío y decidí tumbarme al sol sobre una gran roca lisa; un sol que en el valle de Pallarés sale y calienta mucho antes que en el de Congedo y durante muchos más días al año.

Ramiro y mi abuela se acercaron y me contemplaron con preocupación, de pie, uno a cada lado. Sin embargo, fui yo quien primero preguntó:

–¿A quién le hablabas, abuela?

Ella me dirigió una mirada limpia.

–¿Yo? ¿A qué te refieres?

–Sabes a lo que me refiero: ahí dentro, en el túnel. ¿A quién insultabas de ese modo horrible?

–A nadie. Solo estaba furiosa, por el incidente.

Sabíamos que mentía y ella sabía que lo sabíamos.

–Había alguien allí, corriendo por las galerías de la mina.

—La mina lleva años cerrada —murmuró—. No parece muy sensato pensar semejante cosa, ¿verdad?

PALLARÉS

Unos minutos después, ya secas mis ropas, reemprendimos el camino. Enseguida, tras superar un peñasco, nos enfrentamos a una vista panorámica del valle de Pallarés, espléndido, pero no tanto como el de Congedo, y sin el atractivo de nuestras aguas termales.

Tras cinco minutos de caminata por el sendero que partía del túnel, nos desviamos en un recodo. Y apenas cien metros después, llegamos guiados por mi abuela a un claro no muy grande, en medio del bosque de robles centenarios.

Allí estaban las caléndulas, y con el hallazgo, mi abuela pareció iluminarse y rejuvenecer. Incluso batió palmas.

—Vamos, cortadlas sin tirar del tallo, para no arrancar la raíz.

Nos pusimos los tres a la tarea, que nos llevó un buen rato, y, tras recolectar todas las flores, nos encaminamos al pueblo, a Pallarés el Real.

Sin embargo, mi abuela no tenía intención de llegar hasta el casco urbano, sino que nos detuvimos antes, a unos quinientos metros, en la venta La Fortuna, donde nos invitó a refrescos y aceitunas. Ella se pidió un vermut con sifón, tras cruzar saludos con la ventera, Fortunata Fortuna.

Tras un buen rato de charla y chismorreos con Fortunata y sus clientes, la abuela nos propuso iniciar el regreso a Congedo.

–Yo no pienso volver atravesando el túnel de nuevo –dije entonces–. Se puede volver por la carretera, ¿verdad?

–¿Desde aquí a Congedo por la carretera? –exclamó mi abuela–. ¡Son ocho kilómetros, Ofelia! Incluso a buen paso, dos horas largas no te las quita nadie.

–Perfecto. No tengo ninguna prisa. Y lo prefiero mil veces a meterme de nuevo por La Sospechosa y volver a encontrarme con ese trotador misterioso del que no quieres hablarnos.

Mi abuela echó un vistazo a su cosecha de caléndulas.

–No puedo caminar ocho kilómetros –reconoció–. Además, la primera parte del trayecto es muy empinada. Las piernas ya no... Que no, vaya.

–No hace falta que me acompañéis –dije–. Vosotros, volved por el túnel. Yo lo haré por la carretera. Será más largo, pero no tiene pérdida. Ya llegaré.

–Yo voy contigo –afirmó Ramiro tajante, provocándome un escalofrío de felicidad–. Tampoco quiero volver a pasar por el túnel.

–¿Qué es esto? ¿Un complot? –dijo mi abuela con sorna.

–Te lo agradezco, Ramiro, pero no puedes dejar que mi abuela vuelva sola por La Sospechosa. ¿Y si le ocurre algo? Me sentiría culpable el resto de mi vida.

–¿A mí? ¿Qué me va a ocurrir, mema? –protestó ella–. Para que lo sepas, he atravesado el túnel yo sola docenas de veces. Seguro que a mí no se me cae la linterna en el arroyo del Rubicón –señaló entonces a Ramiro–. Anda, acompáñala, hijo, es una orden. Y procura que no se despeñe por ningún barranco ni se la coma un oso. Yo iré preparando la comida. Estás invitado, Ramiro.

–Gracias, Maraví.

–¡Que no me llames Maraví, conchas!

LA MUERTE

En efecto, los primeros kilómetros eran cuesta arriba, hasta alcanzar la cota más alta del puerto de Las Estribaciones. El resto del camino, en cambio, era de un pronunciado descenso hacia el valle de Congedo.

Ramiro y yo emprendimos la marcha muy animosos, pero, enseguida, el ascenso se me empezó a hacer más y más difícil. Dejamos de hablar y nos concentramos en seguir avanzando. Yo respiraba con la boca abierta, con bocanadas cada vez más apuradas.

A la media hora, hicimos un descanso.

–Oye, ¿de veras hay osos por aquí? –le pregunté a Ramiro.

–¡Qué va! En tiempos del rey Favila, quizá. Ahora, solo vemos osos cuando llega el circo.

A los cinco minutos pensé que me había recuperado, pero al reanudar el camino me sentí peor enseguida.

Tras un tiempo que se me hizo interminable, al girar un recodo de la carretera, divisamos la cumbre del puerto, con un pequeño mirador, donde un cartel de metal ametrallado a pedradas señalaba una altura de 2.460 metros. Era el final de mi calvario. A partir de ese punto, todo iría mejor.

Faltaban unos cien metros. Con un hilo de voz, le pedí a Ramiro que fuera delante de mí, dándome rueda, como hacen los ciclistas cuando se ven en apuros para coronar algún puerto puntuable. Y así, con la vista fija en sus talones, fui acercándome a mi objetivo. Paso a paso, cada vez con menos aire en los pulmones. Dejé de pensar, de mirar, de escuchar, pendiente solo de respirar lo más profundamente posible, que no era mucho.

–¡Ya está! –exclamó Ramiro, al cabo de un tiempo larguísimo–. Lo hemos conseguido.

Salí de la carretera y me dirigí a la barandilla del mirador. Antes de llegar a ella, todo se volvió rojo y las piernas dejaron de sostenerme. Escuché mi nombre en boca de Ramiro, me noté manejada por él, que me colocó boca arriba, tumbada en el suelo, y me sujetó los pies en alto. No perdí el conocimiento, pero casi.

–Tranquila, Ofelia, tranquila... –escuché como si me hablase desde dentro de un tonel–. No te asustes. Respira despacio, lento. –Quizá fuera yo la que estaba dentro del tonel–. Basta con un poco de aire cada vez, pero no tengas prisa. Hazlo conmigo: adentro, afuera... adentro..., –Y el tonel se alejaba, rodando, rodando...

Sentí terror al darme cuenta de que la voz de Ramiro sonaba cada vez más débil, de que el aire no me pasaba por los bronquios, de que no lograba recuperarme del esfuerzo, de que se me cerraba la glotis...

Pensé que me moría. Sí, sí, lo pensé con toda claridad. Sentí la certeza de mi muerte. En medio de la nada, una luz blanca hacia la que me dirigía sin poder evitarlo. Desfilaron ante mí mis padres, mis hermanos, mis abuelos, mis amigas de la infancia, mi tío Ramón, la enfermera Susana y, por fin, Ramiro.

Adiós a todos. Morir, dormir..., dormir..., tal vez soñar.

LA NOVIA

Por suerte o por lo que fuera, en un momento dado empecé a retroceder, a alejarme de la luz blanca en lugar de caminar hacia ella, y el aire llenó de nuevo mis pulmones. La negrura infinita, como en un efecto cinematográfico, se fue trocando en la luz brillante pero difusa de aquella mañana de domingo.

Cuando regresé definitivamente a la realidad, el rostro de Ramiro se hallaba a cuatro dedos del mío, ocupando todo mi campo visual.

–Hola... –susurré, con los labios secos.

–¿Te encuentras mejor?

Antes de contestar, inspiré lo más profundamente que pude. No fue mucho, pero sí lo suficiente para comprobar que la cosa mejoraba.

–Sí, lo estoy.

Ramiro se llevó las manos a la frente.

–Menos mal. Menos mal. No sabes el susto que me has dado. He estado a punto de hacerte eso... ¿Cómo lo llaman? ¡Ah, sí! El boca a boca.

En circunstancias normales, al oír aquello me habría sonrojado como una amapola.

–Vaya..., lamento haberte asustado... y también que no me hayas hecho el boca a boca. Yo creo que habría sido una bonita experiencia. Anda, ayúdame a ponerme de pie.

–¿Estás segura? ¿No prefieres esperar un poco?

–El suelo está húmedo. A ver si voy a coger reúma. ¡Vamos!

Me tomó de las manos y tiró de mí. Y cuando los dos estuvimos en pie, Ramiro me abrazó. Un abrazo largo, intenso, cariñoso. Y yo me sentí en la gloria bendita. Luego, sin apenas separarse de mí, me recorrió la mejilla con el dorso de la mano, desde el mentón hasta la sien, y enredó los dedos en mi pelo.

Como comprenderéis, estaba segura de que, a continuación, me iba a besar. No fue así, sin embargo.

En lugar de besarme, me habló al oído.

–¿Recuerdas lo que ocurrió la última vez que nos despedimos?

–¿Te refieres a... hace seis años? Lo cierto es que no.

–Aquel último día, poco antes de que te fueras, te pregunté si querías ser mi novia.

–¡Vaya! Y yo, supongo..., te dije que no.

–No exactamente. Me dijiste que me responderías la próxima vez que nos viésemos. Así que yo me pasé un año entero pensando en ti; cada día y cada noche. A veces, imaginando que me decías que sí. Otras, dando por seguro que me dirías que no. Pero ya sabes lo que ocurrió: nunca pude salir de la duda, porque al verano siguiente, ya no apareciste por aquí.

Me sentí fatal al escuchar aquello.

–Es verdad. Mi madre y mi abuela se enfadaron durante la cena de Nochebuena de ese año y ya nunca regresamos a Congedo. –Lo abracé fuerte; lo besé debajo de la oreja–. Y lo siento mucho, Ramiro. Siento mucho haberte dejado sin respuesta.

–No fue culpa tuya. Y, aunque lo hubiese sido, han pasado tantos años que ha dejado de tener importancia.

Yo continuaba abrazada a él. Quizá por eso me atreví a seguir hablando.

–Tal vez... podríamos intentar borrar de un plumazo todo ese tiempo. Fingir que no ha pasado, olvidar, hacer como que no hemos dejado de vernos, como que aquella despedida fue ayer mismo y no hace seis años. ¿Qué te parece?

Me había quedado una frase estupenda y, sinceramente, esperaba de Ramiro algo más que el cabeceo dubitativo que siguió a mis palabras.

–Estaría bien poder hacerlo, pero...

–Déjate de reproches. ¿Por qué no vuelves a preguntarme si quiero ser tu novia?

Ya estaba. Más claro, agua, chaval. Entonces, calló. Calló y eso me dio mala espina.

–No, no puedo, Ofelia –dijo, al fin, tras el silencio más largo de mi vida.

–¿Por qué?

–Pensaba que ya lo sabrías, que tu abuela te lo habría dicho.

–Decirme ¿qué?

–Pues que... ya tengo novia.

Toma plancha. Tocaba disimular. «¿Cómo que tienes novia? ¡Pues me importa un pimiento, maldito imbécil...! ¡Ya la estas dejando plantada para venirte conmigo! Pero ahora mismo, ¿eh? ¡Ahora mismo!»

–Ah. Pero..., ¡ejem...!, ¿quieres decir novia... novia? ¿O sea, eso que se llama novia formal?

–Supongo que sí. Bastante formal, al menos. Estamos juntos desde hace dos años. Es de Calatayud; nos conocimos en el instituto. Se llama...

–No me lo digas: ¿de Calatayud? ¡No se llamará Dolores!

–Pues sí. Lola para los amigos.

–¿En serio? No puede ser... ¡Me estás tomando el pelo!

Recuerdo que me pellizqué fuerte, para ver si despertaba del mal sueño en que se había convertido esa mañana. La mañana del reencuentro con un viejo amigo que, sin saber cómo, había pasado a ser el tipo más guapo que yo había conocido. Ese viejo amigo que, seis años atrás, me había pedido que fuese su novia y le di largas Y ahora, que le habría dicho que sí, resulta que se había echado como novia a la Dolores de la copla. ¡Toma! Ah, en medio de todo eso, había estado a punto de morirme. Un detallito.

Supongo que fue la debilidad por mi reciente enfermedad la que me llenó los ojos de lágrimas y el pecho de desánimo. Antes de que me viera llorar, me separé de Ramiro y simulé que me acercaba a la barandilla del mirador para contemplar el paisaje. Él no tardó en seguirme.

–Ofelia...

–No pasa nada –dije, extendiendo el brazo hacia atrás–. Es que me cuesta todavía respirar. Enseguida estaré bien y podremos continuar. Dame tres minutos.

–¿Seguro que...?

–¡Dame tres minutos, por Dios!

–Vale, vale...

Ante mí se abría el abismo. Más allá de la barandilla de troncos podía verse el valle de Congedo al completo, con el pueblo en su centro, como una maqueta ferroviaria sin tren o un belén sin Navidad.

El vacío que tenía ante mí me absorbía. Me atraía igual que un imán a las virutas de hierro. Sin meditarlo mucho, me apoyé en el travesaño y me senté sobre el tronco superior con las piernas hacia fuera.

–Ofelia, ten cuidado.

–Lo tengo.

EL CÍRCULO

Miraba a lo lejos, pero no veía. Deliberadamente, mantenía la vista desenfocada del paisaje, dejando que las lágrimas dibujasen una acuarela impresionista en mis retinas. Un bello paisaje de colores desvaídos. Impresión sin sol naciente.

Entonces, lo vi.

Primero, fue una imagen brevísima. Visto y no visto. Pensé en un efecto óptico. Pero luego, apartando la vista y volviendo de repente a mirar lejos, logré repetirlo. E incluso mantenerlo.

–Ramiro, ven un momento.

–No irás a tirarme por el barranco, ¿verdad?

–No. Mira el pueblo desde aquí. El pueblo y sus alrededores. ¿Notas algo raro? Porque no sé si solo lo veo yo.

Ramiro paseó una mirada lenta por el paisaje.

–¿Qué tengo que ver? Quizá si me das una pista...

–Achina los ojos.

Ramiro obedeció, pero, de nuevo, acabó negando.

–Lo siento, no veo nada... raro. Es que no sé a qué te refieres...

–Prueba a llorar. Deja los ojos abiertos, sin parpadear, hasta que se te llenen de lágrimas y vuelve a mirar entonces.

Me contempló un segundo como si yo estuviese mal de la cabeza. Pero obedeció.

43

Dos minutos después, con los ojos arrasados en lágrimas, levantó la cabeza, miró hacia Congedo y, al instante, abrió la boca.

–¡Eh! ¡Ya lo veo! ¡Ya sé lo que dices! El valle tiene dos colores. Dos tonos diferentes. En el centro, hay un círculo distinto, más oscuro, ¿verdad? Es eso lo que dices, ¿no?

–¡Exacto! Hay una zona en la que el terreno tiene otro tono, más apagado que en el resto. Una zona en forma de círculo.

–¡Sí, es cierto! Lo veo, lo veo... Ocupa buena parte del valle. Hacia aquí, llega casi hasta la fábrica de pólvora.

–Exacto.

–¿Qué puede ser?

–A mí me parece evidente. Habéis dicho que en los últimos años los huertos no producen, los árboles se secan, las flores están apagadas... Yo creo que ese cambio de tono coincide con el círculo de sequedad. Eso que mi abuela llama... la maldición.

Ramiro tragó saliva.

–Ostras...

En ese momento, me descabalgué de la barandilla del mirador, para alivio de Ramiro, y me coloqué a su lado.

–¿Sabes? Estoy pensando... Dijo mi abuela que la maldición se va extendiendo. Cada año llega más lejos, ¿no es así?

–Cierto. Al principio, algunos hortelanos se quejaron de que sus huertos habían perdido el vigor, pero casi nadie les hizo caso. Con el tiempo fueron más y más los que admitieron que, a pesar de sus esfuerzos, huertas y jardines se estaban agostando.

–¿Y no se buscó el origen del problema?

–Mucha gente en el pueblo no cree que haya ningún problema. Dicen que a veces vienen mal dadas y hay que aguantar; que la naturaleza es caprichosa; que no está pasando nada extraordinario que no haya ocurrido anteriormente, de cuando en cuando.

–¿Y tú qué opinas?

Ramiro se alzó de hombros de manera encantadora.

–Yo no opino nada. Mis padres no son agricultores ni hortelanos. Ni siquiera tenemos jardín. Además, los últimos años no he estado pendiente de los asuntos del pueblo. He vivido los nueve meses del curso escolar en Calatayud, preocupado por otros asuntos.

–Asuntos como echarte novia a mis espaldas.

Me miró y apretó los labios antes de responderme.

–Sí. Bueno, y estudiar el bachillerato. Pero, principalmente, lo primero.

Alargué la mano y me enganché de su brazo.

–Supongo que será una chica estupenda.

–Lo es.

–Y muy guapa.

–¡Uf! Guapísima.

–Estoy deseando conocerla. ¿Cuándo me la presentarás?

–Ni lo sueñes.

Permanecimos en silencio un rato más.

–¿Y si mi abuela tiene razón? ¿Y si no se trata de un fenómeno natural sino que existe una causa?

–¿Una... maldición?

–Algo así.

–Si así fuera, ¿qué podríamos hacer nosotros?

Lo de siempre: ¿qué podemos hacer nosotros, simples adolescentes, frente a un fenómeno misterioso, un círculo maligno que se va apoderando del valle desde hace años y ya ocupa una extensión de varios kilómetros cuadrados? Seguramente, nada. Pero si me sirve para liar a Ramiro en una aventura que tengamos que correr juntos, ya me vale.

–Algo podremos hacer. Mira: la sequedad se extiende poco a poco y lo hace en forma de círculo. Si pudiésemos determinar dónde se encuentra el centro de ese círculo... podríamos establecer el origen de la maldición. Eso ya sería algo, un punto de partida.

Ramiro dejó de mirarme y se volvió de nuevo hacia el valle.

–¿Por qué cuando hablas siempre parece que lo que dices tiene sentido?

Sonreí, aunque él no lo viera.

–Para hallar el centro, nos bastaría con trazar dos diámetros y ver dónde se cruzan.

–Bien. Podemos intentarlo. Por esta parte, la más cercana a nosotros, el círculo llega justo hasta la fábrica de pólvora. Y en el lado contrario, hasta el molino viejo. Por la derecha –señaló a lo lejos, con el brazo extendido– hasta aquellos campos, tras el roquedo del Quirinal. Me acuerdo bien porque esas tierras son de mi tío, el padre de Telmo. Eran buenos campos hasta el año pasado, pero esta campaña les está yendo mal.

–Claro que les va mal: como que les ha alcanzado la maldición. ¿Y hacia la izquierda?

–La huerta del convento de las monjas.

–Vale. Entonces, trazamos una línea desde el molino hasta la fábrica de pólvora –dibujamos mentalmente sobre el terreno ese diámetro imaginario– y otra que una los campos de tu tío con el convento.

Si alguien nos hubiese estado observando, seguro que se habría partido de la risa, viéndonos mover la cabeza al unísono.

–Listo. Y ahora, hay que encontrar el punto donde se cruzan ambas.

–Eso es.

Nuevo silencio.

–¿Aquella casita de tejado negro, tal vez? –dije, señalando con el dedo hacia la lejanía.

Ramiro tardó en responderme. Supongo que lo estaba comprobando una vez más.

–Es posible. Sí, sí, sí..., en efecto, allí estaría el centro del círculo.

–¿Sabes a quién pertenece esa casa?

Ramiro sonrió.

–Claro que lo sé. En el pueblo, todo el mundo lo sabe. Es la casa del señor Emilka.

3. EMILKA

—¿Emilka? No me suena.

—Porque el último verano que tú pasaste aquí, él aún no vivía en Congedo. Llegó al otoño siguiente, en un coche muy bonito. Se encaprichó de esa casita con huerto y terreno en derredor, preguntó hasta dar con su dueño, don Próspero Pancorbo, y se la compró. Nadie sabe cuánto dinero le pagó Emilka por su casa; lo cierto es que don Próspero, después de aquello, se marchó a la capital y Emilka se quedó a vivir con nosotros. Es un tipo huraño y esquivo; extranjero, aunque no sé de qué país. Y, desde luego, nunca ha hecho nada por integrarse en la vida del pueblo.

—Más o menos, coincide en el tiempo. No sé a ti, pero a mí me parece el candidato idóneo para haber traído la maldición a Congedo, ¿no crees? ¿Cómo podríamos averiguar más cosas sobre él?

Ramiro frunció el ceño.

—Ya te digo que apenas se relaciona con la gente del pueblo, pero... si hay alguien que quizá sepa de él más que los demás, ese sería Espallargas.

Un recuerdo emergió desde lo más profundo de mi archivo encefálico.

–Espallargas... ¿el de las piernas largas?

–¡Efectivamente!

Nos echamos a reír.

ESPALLARGAS

Me acordaba perfectamente de él. Un buen tipo.

Fermín Espallargas «el de las piernas largas» era el cartero del pueblo. También era un notable cerrajero, calderero, reparador de bicicletas, electricista y proyeccionista oficial del cine Marenostrum, el único de Congedo, propiedad del Ayuntamiento.

–De modo que Espallargas puede ser una buena fuente de información sobre Emilka.

–Eso es. Como cartero, es el único que entra en su casa de cuando en cuando.

–Entonces, tendremos que hablar con él. ¿Sigue habiendo sesión cada domingo en el Marenostrum? –le pregunté a Ramiro.

–Por supuesto.

–Pues hoy es domingo. ¿Qué tal si esta tarde te invito al cine y aprovechamos para hablar después con Espallargas?

–De eso nada. Te invito yo. Ya sabes que en Congedo, ir al cine es prácticamente obligatorio y necesitas tener reserva. Pero te puedes sentar en la butaca de Telmo, que este fin de semana se ha quedado estudiando en Zaragoza.

ULTIMÁTUM A LA TIERRA

Salvo en Pascua Florida, todos los domingos del año Fermín Espallargas proyectaba una película de riguroso reestreno en el Marenostrum, una sala forrada de madera, con tantas butacas como habitantes tenía Congedo. Unas seiscientas.

El cine siempre se llenaba al completo, pues todos los vecinos del pueblo, sin falta, asistían religiosamente a la correspondiente proyección, con una encomiable fidelidad.

Era este un caso tan singular que hasta mereció un artículo en la prestigiosa revista *Life* tres años atrás, en 1964. El artículo, reproducido a gran tamaño, se exponía en el vestíbulo del Marenostrum. Estaba escrito en inglés, y aunque casi nadie sabía una palabra del idioma de Shakespeare, todos se sentían muy orgullosos de que su pueblo hubiera merecido la atención de tan ilustre publicación.

Nada más entrar en el cine, Ramiro y yo nos dirigimos precisamente allí, al mural. En la fotografía que acompañaba al reportaje era posible identificarlo a él y a su primo Telmo en las butacas centrales de la fila cinco, muy cerca de la abuela Maravillas y justo por delante de sor María de Wroclaw, la abadesa polaca del monasterio de santa Eduviges, que aparecía muy sonriente junto a varias monjas más.

En aquella foto, aunque mucho más atrás y en una butaca de pasillo lateral, llamaba la atención la figura de un hombre altísimo, de cabellos grises cortados a cepillo, más seco que un sarmiento, vestido con traje oscuro y que miraba a la cámara con gesto de fastidio.

–Mira: ese es el señor Emilka –dijo Ramiro, señalándolo con precisión.

–Madre mía, qué mala cara... No andará por aquí –dije, mirando disimuladamente a nuestro alrededor.

–No, hoy no. Aunque tiene su butaca reservada, como todos los habitantes de Congedo, él solo viene a ver las películas de Tarzán. Los de la revista *Life* lo pillaron en esa foto porque aquel día Espallargas proyectaba *Tarzán el temerario*, con Johnny Weissmuller.

–¿Y hoy cuál echan? Es que ni me he fijado.

–*Ultimátum a la Tierra*.

–¡No fastidies! ¿Una de marcianos?

EN CABINA

Pese a ser de marcianos, no estuvo mal la peli. Venía a decir que si no cuidamos de nuestro planeta y no dejamos de pelear entre nosotros, la humanidad tiene los días contados, lo cual es archisabido. En la película, tienen que venir unos extraterrestres a meternos en vereda y recordarnos esto tan fácil y evidente.

Durante la proyección, intenté hacer manitas con Ramiro, pero él se mantuvo exquisitamente en el límite de lo que un novio fiel puede llegar a juguetear con una vieja amiga sin crear un malentendido. No sé si me explico.

Terminada la película, me despedí de mi abuela.

–Ramiro y yo hemos quedado en subir a felicitar al señor Espallargas por su estupenda proyección.

–Cuidado con ese.

–¿Con Espallargas o con Ramiro? –pregunté divertida.

–Con ambos –me respondió ella muy seria.

* * *

La cabina de proyección del Marenostrum resultó ser un lugar fascinante: un cuarto estrecho y alargado situado al final de una escalera metálica de diseño cubista, cuyos escalones subimos de dos en dos. En su interior, atestado de cachivaches y decorado con carteles de películas, destacaban los dos proyectores de arco voltaico marca Westrex.

Cuando entramos en la cabina, hallamos a nuestro proyeccionista frente a la mesa de trabajo, rebobinando los rollos de película para devolverlos a su lata original. Nos miró por encima de las gafas y sonrió.

–¡Hombre, Ramiro! ¡Cuánto bueno por aquí! ¿Y esta chica tan guapa? Ah, no me lo digas: tú tienes que ser la nieta de Maravillas. He oído que llegaste al pueblo esta semana para pasar una temporada con tu abuela y reponerte de la enfermedad esa...

–El virus de las narices.

–¡Eso es! Caramba, lo que has cambiado desde la última vez que viniste por Congedo. ¿Cuánto hace? ¿Cuatro años?

–Seis. Seis años ya.

–¡Bueno, cómo pasa el tiempo! ¿Y qué? ¿Qué os ha parecido la película? Una obra de arte, ¿verdad?

–Sí, muy chula. Y la proyección, impecable. Digna de un gran profesional.

–Gracias...

–Aunque a mí me gustan más las de Tarzán –dije, con toda la intención. Y conseguí que Espallargas me mirase con curiosidad.

–No me digas...

–También a mí –intervino Ramiro–. Deberías proyectar películas de Tarzán más a menudo, son de éxito seguro. Además, así vendría todo el pueblo.

Espallargas sonrió.

–¿Qué quieres decir? ¡Si ya vienen todos! Soy la envidia del gremio de exhibidores.

–Todos no. Hay un vecino de Congedo que solo viene al cine cuando echas una peli de Tarzán.

Fermín había dejado su tarea de rebobinado y nos miraba cruzado de brazos, sonriente.

–Si te refieres a Emilka, eso no es cierto del todo. En realidad, solo viene cuando proyecto una de Tarzán... protagonizada por Johnny Weissmuller. Los demás tarzanes le importan un boniato. Y debo decir que, en eso, le alabo el gusto. Hay otros actores selváticos, pero ninguno a la altura de Weissmuller, sin duda el mejor Tarzán de todos los tiempos. ¡Sus películas deberían ser de visionado obligatorio en las escuelas! ¡Ah, qué gran hombre...! ¿Sabíais que, antes de ser actor, fue campeón olímpico de natación? Ganó cinco medallas de oro, nada menos. Durante años, no hubo en el planeta Tierra un hombre más veloz sobre el agua. Y no solo fue un gran deportista, sino que también ha sido y es una gran persona, amable, simpático y generoso.

–¿Y cómo sabe usted todas esas cosas de él?

–¡Porque me lo contó el señor Emilka! ¡Resulta que conoce en persona a Johnny Weissmuller! ¡Son amigos!

–¿En serio? –preguntó Ramiro, con un tonillo que denotaba cierto escepticismo.

Por toda respuesta, Fermín se levantó, fue hasta una estantería situada al fondo de la cabina, apartó unas cajas de bombillas y tomó una fotografía enmarcada, tamaño veinte por treinta. Le sopló el polvo.

—Mirad.

—¡Atiza! ¡Pero si es él! —exclamó Ramiro, al verla—. ¡Es Tarzán! ¡Tienes una foto dedicada por Tarzán!

Era una foto de Tarzán antes de ser Tarzán. O sea, un retrato de Weissmuller, muy joven aún, al borde de una piscina, con bañador oscuro, de tirantes, a punto de arrojarse al agua.

—¿De dónde la has sacado?

—Me la regaló hace tiempo el señor Emilka. La tenía sobre el mueblecito del vestíbulo. Una de las primeras veces en las que acudí a su casa, me fijé en ella mientras me firmaba el acuse de un certificado; decidí comentarle cuánto admiraba a Weissmuller y, sin más ni más, cogió la foto y me la regaló. Además, me comentó eso: que lo conocía personalmente y que lo consideraba un gran tipo.

Debo confesar que me sentí perpleja. Habíamos venido Ramiro y yo al cine buscando información sobre Emilka y lo primero que averiguábamos es que era amigo de Tarzán de los monos. Parecía una broma.

Con una media sonrisa en la boca, tomó de mis manos el marco, giró los flejes de la parte posterior, separó el respaldo y sacó la fotografía. Entonces, nos mostró el dorso de la misma.

—No entiendo nada de la dedicatoria.

—¡Porque está en inglés! —afirmó Fermín—. Traducido, significa: «Con mi admiración hacia el Gran Turbolev, extraordinario campeón, de su amigo John. Ámsterdam, 1928».

—¡Ostras...! —exclamó entonces Ramiro—. ¡No se trata de una simple fotografía con autógrafo! ¡Es una foto dedicada de su puño y letra por Johnny Weissmuller!

–Y, sin duda, hecha durante los Juegos Olímpicos de Ámsterdam, nada menos. En la cima de su carrera como nadador.

–¡Pero esto es una verdadera joya! –concluyó Ramiro entusiasmado.

Realmente, parecía tratarse de un documento asombroso. Y Fermín Espallargas lo tenía allí, en un estante de la cabina de proyección, detrás de unas bombillas, cogiendo polvo.

–Hay algo que no entiendo –confesé–. La dedicatoria dice: «Con mi admiración hacia el Gran Turbolev». ¿Qué demonios significa eso del Gran Turbolev? ¿Usted lo sabe, Fermín?

Espallargas carraspeó largamente.

–Pues... lo cierto es que sí. Ese es el nombre verdadero del señor Emilka.

Ramiro y yo nos miramos con sorpresa.

–¿Cómo? –exclamé–. ¿Emilka se llama Gran Turbolev? ¿Qué clase de nombre ridículo es ese?

–No, no... Su nombre auténtico es Emil K. Turbolev.

–¿Emilka Turbolev?

–¡Que no, demonios! Nada de Emilka. Emil, solo Emil. La K va aparte y es la inicial de Konstantin.

Se trataba de un detalle sorprendente, desde luego.

–Entonces –intervino Ramiro– ¿por qué todos en Congedo lo llamamos «señor Emilka»?

Espallargas suspiró y extendió las manos.

–Creo que fue culpa mía. La primera carta que le llevé a su casa tras instalarse en el pueblo, hace unos seis años, venía a nombre de Emil Turbolev, residente en Congedo, pero sin dirección concreta. Como buen cartero, antes de entregársela tenía que asegurarme de que él era el auténtico destinatario. «¿Es usted Emil Turbolev?», le pregunté. «Así es», me respondió él. «Me llamo Emil K. Turbolev. La K es por Konstantin.» Y, para confirmarlo, me mostró su pasaporte, que, por cierto, recuerdo que era danés. Desde entonces, cuando alguien del pueblo me preguntaba por él, yo decía que nuestro nuevo vecino era el señor Emil K. Y con Emilka se quedó.

–Curiosa historia –admití–. De modo que el famoso señor Emilka no se apellida Emilka, sino Turbolev.

–Y para algunos, como Tarzán, es nada menos que «El Gran Turbolev» –dijo Ramiro.

–No soy ninguna experta, pero tiene pinta de ser una dedicatoria auténtica, igual que la firma.

–¡Pues claro que lo son! –exclamó Espallargas, tomando la foto y volviendo a introducirla en el marco.

A Ramiro se le había puesto una expresión de detective aficionado o de tipo perspicaz que, a mis ojos, resultaba irresistible. Me lo habría comido entre pan.

–Hay algo que no me acaba de cuadrar –dijo, al poco–. Se supone que Tarzán le regaló esa foto a Emilka en la Olimpiada de Ámsterdam. Y por el texto de la dedicatoria, parece como si fuera un gesto entre participantes. Lo llama «extraordinario campeón». Pero... ¿no es Emilka demasiado joven como para haber competido en los juegos de mil novecientos veintiocho?

Espallargas había depositado su foto de Weissmuller en la misma estantería, pero ahora a la vista, delante de las cajas de bombillas.

–Weissmuller nació en mil novecientos cuatro, en Rumanía –apuntó de memoria–, de modo que ahora tiene..., a ver..., sesenta y tres años. Y, por tanto, participaría en los juegos de

Ámsterdam con veinticuatro. Emilka, desde luego, parece ser mucho más joven, pero quizá sea mayor de lo que aparenta y se conserve especialmente bien.

–¿Qué edad creéis que tiene? –pregunté.

Fermín y Ramiro se miraron unos instantes.

–¿Unos... cincuenta?

–No aparenta más de cincuenta, desde luego –confirmó Espallargas.

–Eso no es posible. Si ahora tuviese cincuenta, en mil novecientos veintiocho sería un niño de... –calculé– once años.

Ese dato creó un silencio entre nosotros que rompió finalmente Fermín.

–Pensad en esto: Emilka apenas ha cambiado de aspecto en los seis años que lleva en Congedo. Eso significa que, hace seis años, ya le habríamos echado esos mismos cincuenta que le estimamos ahora.

–Cierto –confirmó Ramiro–. Así que, en realidad, podría tener cincuenta y seis o más y haber participado en los juegos de Ámsterdam con diecisiete o dieciocho.

–Sí, de ese modo, todo encajaría mejor –admití.

Nos miramos los tres. El proyeccionista hizo un gesto con los brazos.

–Bueno, chicos, tengo que rebobinar los rollos de película y llevarlos al autobús de las siete y media. Si no os importa...

Pensé que ahí acababa nuestra indagación, cuando Ramiro me sorprendió, insistiendo de forma muy directa.

–Oye, Fermín: ¿qué otras cosas conoces de Emilka que los demás habitantes del pueblo no sepamos?

Espallargas alzó las cejas.

–¿Yo? Nada. ¡Qué voy a saber!

–Algún secreto, quizá. Parece que eres el mejor amigo que tiene por aquí.

–¿Amigo? No, no, si yo no soy su amigo...

–¿Cómo que no? –intervine–. ¡Pero si hasta te regaló su foto dedicada por Johnny Weissmuller! Y a cambio de nada.

Fermín pareció sentirse incómodo tras aquella insinuación. Como si le estuviésemos acusando de algo. Como si ser amigo de Emilka estuviese muy mal visto en Congedo.

–¿Se puede saber a qué viene este interrogatorio? –se defendió–. ¿Qué sucede con Emilka? ¿Por qué queréis saber tanto sobre él?

–Por nada, Fermín, por nada. Simplemente, ha surgido en la conversación. Una cosa ha llevado a la otra. Mera curiosidad.

El cartero nos miró alternativamente, con el ceño fruncido.

–Vaya pareja de insensatos –murmuró a continuación–. ¡Vamos, largo de aquí!

–Adiós, Fermín –dije, con mi voz más angelical, mientras Ramiro abría la puerta–. Nunca había estado en una cabina de proyección y me ha parecido un lugar fascinante.

Espallargas nos miró y alzó la mano izquierda sin dejar de mover con la derecha la manivela de la rebobinadora. Pero justo cuando íbamos a salir, volvió a hablar.

–Me regaló la foto porque pensaba pedirme un favor.

–¿Qué favor? –preguntamos Ramiro y yo, al unísono.

Fermín soltó la manivela, pero la inercia mantuvo girando la enorme bobina. Nos miró.

–Que le guardase la correspondencia y le echase cada día un vistazo a su casa durante sus ausencias.

Ramiro dio un leve respingo.

–¿Cómo dices? –exclamó–. ¿Emilka se marcha de Congedo de vez en cuando? Yo pensaba que nunca salía del pueblo.

–Pues así es: todos los años sale de viaje durante una semana.

–¿Adónde? –pregunté.

–No lo sé; aunque sospecho que podría ser a Lausana, en Suiza. Lo digo porque todas las cartas que le llegan proceden de allí.

Aquello era un descubrimiento comparable al de la penicilina. Nos abría insospechadas posibilidades de investigación.

–¿Y siempre se va en la misma época? –quiso saber Ramiro.

–Siempre –afirmó Espallargas–. Cada año se ausenta siete días, a contar desde el primer domingo de junio.

–Eso significa... ¡que se marchará dentro de dos semanas!

–Si no cambia sus costumbres, así será.

–¡Es perfecto!

–¿Perfecto para qué?

–Para nada, Fermín. Para nada –respondí, sin poder evitar que una amplísima sonrisa se me dibujase en la cara.

MERIENDA, PREGUNTAS Y RODEOS

Tras la sesión de cine, fuimos a merendar a casa de Ramiro. César, el padre de Ramiro, era el taxista del pueblo, y Julia, su madre, la encargada de Caldarium, el balneario de Congedo. Los tres vivían allí, en una parte de las instalaciones habilitada como vivienda. Ambos fueron de lo más obsequiosos conmigo. Aseguraron recordarme muy bien y que había cambiado mucho y a mejor en estos años, aunque, según ellos, me faltaban algunos kilos, que, sin duda, pronto recuperaría. Yo no los recordaba en absoluto. Ninguno de los dos me pareció especialmente atractivo, y es entonces cuando te preguntas de dónde les ha salido este hijo tan guapo.

Ramiro me enseñó su cuarto. Me gustó que tuviera su propia biblioteca, mucho más reducida que la de mi abuela, pero bastante más nutrida que la mía.

En las puertas del armario y en una de las paredes, Ramiro tenía fotos de coches de competición. De rallies, en concreto. Para mí, era un mundo desconocido. Me gustó que no tuviera fotos de exuberantes actrices italianas ni de escuálidas cantantes francesas.

Me senté en su cama y miré en derredor.

–De modo que aquí es donde vives.

–Aquí es donde vivo muy pocas horas al día. Me levanto a las seis y media para tomar el autobús y estar en clase a las ocho, y casi todos los días llego a casa pasadas las siete. Salvo jueves y sábados, que aún llego más tarde.

–¿Por qué?

–Porque esas tardes no tengo clase, me quedo a estudiar en la biblioteca del instituto y, a veces, se me pasa la hora del autobús de vuelta.

Sonreí. De inmediato, se me ocurrió una maldad.

–¿Alguna vez has perdido el último autobús?

–Unas cuantas.

–¿Qué haces, entonces?

–Me quedo a dormir en casa de Lola. Sus padres son muy comprensivos.

Sentí que me crecían los colmillos.

–Lo dices para fastidiarme, ¿verdad?

–¿Fastidiarte? ¡Qué mal pensada! Oye y, ya que has sacado el tema: ¿tú cómo andas de novios?

–¿Yo? ¿Por qué cambias de conversación? ¿A qué viene eso?

–¿Me preguntas por Lola y yo no puedo preguntarte por tus novios?

–¿Es que no te enteras de nada?

–Pero ¿de qué tengo que enterarme, Ofelia?

–¿Quieres dejar de responder con preguntas a mis preguntas?

–¿Que yo respondo con preguntas...?

–¡Ya está bien, déjalo! ¿Me acompañas a casa?

–¿Qué ocurre? ¿Tienes miedo de que te asalten? ¿En Congedo?

–¿Y qué pasa? ¿No puedo tener miedo de lo que me dé la gana?

–¿Y yo no puedo dudar de que lo tengas y de que sean otras las razones para pedirme que te acompañe a casa en un pueblo en el que nunca pasa nada?

Parpadeé, confusa.

–¿Estás intentando liarme? ¿Me acompañas o no?

En ese momento, apareció en la puerta la madre de Ramiro.

–Querida, no es que queramos echarte, ni mucho menos, pero Ramiro tiene que madrugar mucho. Mañana es día de escuela.

Me pareció notar un cierto retintín en el tono.

–Por supuesto, doña Julia. Ya me iba.

–La acompaño a casa de su abuela y vuelvo enseguida, mamá –dijo Ramiro, tomándome del brazo para obligarme a salir de su habitación.

Sin haberlo acordado, para llegar a casa de mi abuela dimos un rodeo absurdo durante el que decidí romper enseguida el silencio inicial. No era cuestión de perder el tiempo.

–Oye, Ramiro...

–¿Sí?

–Verás, yo... lo siento.

–¿A qué te refieres?

–A no haberte dicho que sí hace seis años, cuando me pediste que fuéramos novios. No me lo he podido quitar de la cabeza desde que me lo has contado esta mañana. Seguro que todo ocurrió como tú me has dicho, pero lo cierto es que... ni siquiera lo recuerdo.

–Sí, yo diría que me prestaste entonces muy poca atención.

–También podías haber insistido un poco más. No haberte conformado con eso de que te contestaría al año siguiente. ¿Qué clase de niña idiota da una respuesta como esa? Aún no puedo creerlo. Qué vergüenza...

–El caso es que no me habría importado esperar todo un año si la respuesta hubiera sido sí. Estaba enamoradísimo de ti.

Oírlo decir aquello superaba todas mis expectativas.

–Ojalá pudiéramos rebobinar, como las películas que proyecta Espallargas... –susurré.

–En cambio..., yo creo que no hay que lamentarse por lo que pudo ser y no ocurrió. No sirve para nada. ¿Crees que si me hubieras dicho que sí las cosas serían diferentes? Yo pienso que no. Lo más probable es que ahora fuésemos dos extraños que llevásemos años sin saber nada el uno del otro.

–Es que eso es lo que somos, Ramiro.

–¡Oh...! Cierto.

–Pero con una ventaja: como nunca hemos sido novios,

no nos odiamos. Así que donde tú fracasaste, yo puedo intentarlo. Oye, ¿quieres ser mi novio?

Ramiro chasqueó la lengua, sin dejar de sonreír.

–Ya te he dicho que no puedo. Estoy con Lola.

–Ah, por mí no te preocupes: no soy celosa.

Ramiro se carcajeó con esa bromita tan tonta.

–¡Lo que me parece es que eres una descarada!

Me enganché de su brazo. Descaradamente.

–A lo mejor el virus de las narices me ha quitado complejos. Hubo días muy malos, en los que pensé que no volvería a ver amanecer. Fíjate esta mañana, al subir el puerto: un poco más y allí me quedo.

–Oye, sí, vaya susto.

–Esos malos momentos te enseñan que las cosas hay que tomarlas como vienen y ponerlas de tu parte, porque sentarse a esperar no suele servir de nada. Hay que hacer que lo bueno ocurra.

Sin saber cómo, habíamos llegado a una plazuela irregular y oscura, la de Cayo Julio César. El sol acababa de ponerse y la penumbra empezó a chorrear por las paredes de las casas como melaza.

–Antes me has preguntado por mis novios y no te he respondido. Lo cierto es que el curso pasado empecé a tontear con el hermano mayor de un compañero de clase. Sin darme cuenta, acabé enamorada; tres meses después, el tipo me partió el corazón. Se fue con otra.

–Vaya...

–Yo creo que me contagié de la enfermedad porque aquello me dejó frágil y confusa. Los virus me invadieron aprovechándose de mi desconcierto.

Entonces, callé. El ambiente se tornó irreal.

Lo empujé con el hombro hacia un rincón oscuro de la plazuela. Le susurré al oído: «Ramiro, discúlpame, pero... necesito que me beses». Así, como suena. Aún me da un escalofrío cada vez que lo recuerdo. Me pareció que se resistía, que se iba a escabullir, que me iba a dejar allí, más desbaratada todavía de lo que estaba. Pero Ramiro siempre supo qué hacer conmigo. Esa misma mañana quizá me había salvado la vida. Esa tarde, nunca lo olvidaré, miró hacia lo alto, a nuestro alrededor, para asegurarse de que nadie nos observaba desde una ventana, me alzó la barbilla con suavidad y depositó en mis labios un beso de esos que te hacen recordar que los besos de las películas son de mentira y que no hay nada mejor que los besos de verdad.

Creo que se me saltaron las lágrimas, de la emoción. Cuando nos separamos, me zumbaban los oídos, a pesar de lo cual logré escuchar su voz, un susurro cálido en mi oído.

–Espero que esto me dé derecho a seguir siendo tu amigo.

Esa noche cené sopas de ajo, que las odio, y me supieron a gloria. Me acosté pronto y, esperando al sueño, imaginé un futuro de película con Ramiro, en cinemascope y technicolor, tras salir vencedora de mi batalla contra Lola, la de Calatayud. Estaba convencida de mi victoria. Claro que no había logrado aún que él me dijera que sí, que iba a dejar a su novia por mí, pero... ¿acaso no le había arrancado un beso de primera división apenas unas horas después de nuestro reencuentro? Lo tenía en el bote, estaba segurísima. Solo tenía que seguir pacientemente tejiendo mi tela de araña enamorada hasta que, sin tardar demasiado, cayese en mis redes.

Me dormí feliz.

AMARGO DESPERTAR

Sin embargo, a la mañana siguiente, al despertar, creí morir de vergüenza. Con el nuevo día, mi comportamiento de la tarde anterior se me antojó lamentable y ridículo. Me había portado como una maldita irresponsable, como una niñata antojadiza. Ramiro, sin duda, me había seguido la corriente pensando que estaba loca y ahora huiría de mí tanto y tan lejos como pudiera. ¡Y con toda razón!

Maldito amor, que sorbe el seso hasta convertirte en piltrafa al albur de sus vaivenes, muñeca de trapo incapaz de tomar decisiones, pétalo de rosa seca empujada de aquí para allá por el huracán del deseo y el pálpito del destino.

Cómo odio la poesía barata cuando habla de mí.

Sabía que Ramiro regresaba a Congedo cada tarde, salvo cuando perdía el último autobús desde Calatayud y se quedaba a dormir en casa de su –¡agh!– novia, pero no me apetecía verlo. Bueno, sí me apetecía, pero no quería enfrentarme a él, a su mirada reprobatoria, a su sonrisa condescendiente. Pobre Ofelia, aún frágil, aún insegura, aún convaleciente.

Así que me encerré en la biblioteca de mi abuela y empecé a devorar los libros más estrafalarios que encontré en sus estantes. Biografías de sus contemporáneos escritas por Winston Churchill, cuentos de Chéjov, dramas de Benavente... Al final, me propuse leer la famosa trilogía *Kristina Lavransdatter*, de Sigrid Undset. Sí, hombre, ya sabéis: la famosa escritora noruega premio Nobel de Literatura de 1928, el mismo año de las Olimpiadas de Ámsterdam, en las que Johnny Weissmuller tocó la gloria con los dedos.

Sin embargo, mi abuela ya no me mantuvo encerrada en casa. Al contrario, cada mañana me insistió para que la acompañase a hacer la compra y otros recados y conocer así el ambiente, la vida, el funcionamiento cotidiano del pueblo.

De este modo, supe que una vez por semana, los miércoles, llegaba un camión que vendía pescado fresco; los jueves, rendían visita los agentes de la Caja de Ahorros y del Banco Español de Crédito, cargados ambos de dinero contante y sonante; y los viernes, alrededor del parque, se instalaba el mercadillo ambulante, con casi una docena de puestos variados, la mayoría propiedad de gitanos a los que, en contra del sentir general, la gente de Congedo apreciaba sinceramente. También supe que, cada dos semanas, a lomos de su Lambretta de color verde, aparecía Ambrosio el afilador, haciendo sonar el chiflo para alertar de su presencia. O que, de cuando en cuando, en su caso de manera aleatoria, no sujeta a ciclos regulares, estacionaba en la plaza del Foro su furgoneta DKW Antón Vaina, el dueño de Semillas Vaina, para vender semillas y plantones y ofrecer a quien los necesitase sus deslumbrantes y acertadísimos consejos sobre agricultura, horticultura y jardinería.

Descubrí dónde estaba el supermercado Spar, el estanco de don Juan José, las dos panaderías, la farmacia de don Nicomedes y el cuartelillo de la Guardia Civil, con el sargento Martín Porras en funciones de comandante de puesto.

En fin, que al final de esa semana me había convertido en una auténtica experta en Congedo y en el ir y venir de sus habitantes.

Por el contrario, las tardes las pasaba en casa, leyendo, bebiendo café helado con gaseosa y pensando en Ramiro.

* * *

El sábado por la tarde, a la hora de la sobremesa, alguien llamó a la puerta de nuestra casa. Mi abuela acudió a abrir y pude escuchar perfectamente cómo exclamaba el nombre de Ramiro.

Me puse en pie de un salto y valoré la opción de huir por la ventana. No lo hice de inmediato porque la altura hasta la calle era considerable y la probabilidad de fracturarme el calcáneo seguramente alcanzaba los dos dígitos. En plena indecisión, Ramiro apareció bajo el quicio de la puerta y me envolvió con su sonrisa como un capullo de seda.

—¡Hola, Ofelia! ¿Cómo ha ido la semana? No sé por qué, esperaba que alguna tarde vinieses a esperarme a la parada del autobús para merendar juntos, pero ya he visto que no.

Oye, así, como si el pasado domingo no hubiese ocurrido nada del otro mundo. Como si no nos hubiésemos besado, vaya.

—Lo he pensado un par de veces, pero, cuando me decidía, ya era tarde.

—¿Qué has hecho estos seis días?

—Básicamente, leer, dormir y comer.

—Ya veo. Te noto mucho más... lozana.

—Más gorda, quieres decir.

—¡Qué va! Claro que has engordado, pero te encuentro con muchísimo mejor aspecto que el domingo pasado. Congedo te está sentando de maravilla.

Me sonrojé, a mi pesar.

—Gracias, Ramiro. ¡Qué sería del optimismo sin gente como tú!

—¿Has pensado en Emilka y el círculo de sequedad?

Me alegró que fuera él quien sacase el tema, aunque me preocupó la respuesta que tuve que darle.

–Pues... lo cierto es que no. Tan apenas. De hecho, casi lo había olvidado.

En efecto, el tema de la maldición había desaparecido de mi mente por completo, ensombrecido por mis muchas lecturas y por las tribulaciones propias de mi estúpido enamoramiento.

–En cambio, yo sí he pensado en ello –dijo él, entonces, sentándose a la mesa y sirviéndose un café en mi taza.

–Oh. ¿Y qué has pensado?

–Que deberíamos... investigar a Emilka.

–¿Te refieres a contratar a un detective?

–No, mujer. ¿De dónde íbamos a sacar el dinero para pagar a un detective? La investigación deberíamos realizarla nosotros mismos.

–¿Tú y yo? ¿O deberíamos contar también con Lola?

Ramiro exhibió una vez más su sonrisa de celuloide, esa que me hacía temblar como un enfermo de párkinson.

ROBO CON ESCALO

Al día siguiente, se proyectaba en el Marenostrum *El enemigo público*, una clásica película de gánsteres.

Mi abuela dijo que no le apetecía ver tiroteos en blanco y negro, que a ella le gustaba la sangre en technicolor, así que podía haber ocupado su butaca, pero opté por sentarme de nuevo al lado de Ramiro. Eso sí, esta vez me propuse no intentar hacer manitas con él y me limité a mirarlo de reojo durante más de la mitad del metraje.

Maldita sea, qué complicado es esto del amor, pensé justo

en el momento en que, en la pantalla, James Cagney le estrujaba a su novia un pomelo en la cara.

Al terminar la película, subimos a la cabina de proyección.

–Hola, Fermín. Tenemos que entrar en la casa de Emilka –dije, sin el menor preámbulo.

–De Turbolev, querrás decir –apuntó Ramiro, de inmediato.

–Prefiero seguir llamándole como lo habéis llamado siempre en Congedo. Cuando digo Turbolev, no sé por qué, me imagino un ventilador.

–¿Y eso para qué, si puede saberse? –preguntó Fermín, mientras colocaba uno de los rollos de *El enemigo público* en la rebobinadora.

–Para averiguar lo que esconde en ella, por supuesto –dije, como si fuera la cosa más evidente del mundo–. ¿Es que aún no lo ves, Fermín? Vuestro valle se está muriendo. Se secan los árboles, se agostan los huertos y las caléndulas no florecen. Estoy segura de que la culpa es de Emilka. Por lo que me habéis contado, todo empezó al poco de llegar él al pueblo. Su casa es el epicentro de la sequedad.

–Epicentro –repitió Espallargas, mientras empezaba a darle a la manivela–. ¿De dónde sacas esas palabras tan largas? ¿No puedes decir «centro», como todo el mundo?

Evité responderle. A cambio, miré fijamente a Fermín durante un rato largo, lo más seria que pude. Hasta que noté que me prestaba atención.

–Hay algo en esa casa que ha traído la maldición a Congedo. Debemos averiguar de qué se trata. Quizá aún estemos a tiempo de revertir sus efectos.

El rollo de película iba adquiriendo velocidad en la rebobinadora, conforme el filme iba llenando la bobina original.

—Muy bien —comentó Espallargas, aparentemente despreocupado—. De modo que vais a asaltar la casa de Emilka. Supongo que lo haréis aprovechando su ausencia.

—Sí, esa era nuestra idea. Dijiste que se marchará del pueblo el próximo domingo.

—No, no... Dije que, otros años, se marchó en esa fecha.

—Pues eso. Si se va, entraremos en su casa.

—Que tengáis suerte.

—Con suerte o sin ella, necesitaremos tu ayuda, Fermín.

La bobina, ya completa, quedó girando en el brazo derecho de la rebobinadora. Espallargas nos miró, con el ceño fruncido.

—¿Qué clase de ayuda?

—Que te asegures de que Emilka realmente se marcha el domingo. Y que nos ayudes a entrar en la casa. Eso es todo.

—Nada menos. Supongo que os dais cuenta de que pretendéis convertirme en cómplice de un delito. Porque entrar en la casa de alguien sin su permiso es un delito. Robo con escalo, creo que se llama.

—A no ser que tú consigas las llaves.

—¿Yo? ¿Y cómo?

—Emilka te pide que le vigiles la casa en su ausencia, ¿no es así? Está claro que confía en ti. Pues dile que te deje la llave... para regarle las macetas.

Espallargas se rascó la nuca.

—Lo puedo intentar. Pero seguro que Emilka no tiene macetas.

—En cualquier caso, no vamos a robar absolutamente nada. Entraremos solo para mirar. Única y exclusivamente para mirar. Y, quizá, hagamos también algunas fotografías.

LA ESPERA

El lunes por la mañana me miré en el espejo y me pareció que ya había recuperado los kilos extraviados durante los meses de hospital. No sabía cuánto tiempo pensaba mi madre mantenerme allí, en Congedo, pero si eran los más de tres meses que faltaban hasta el comienzo del próximo curso escolar, corría el riesgo de regresar a mi vida habiendo aumentado seis tallas y, desde luego, no estaba dispuesta a tener que regalar toda mi ropa actual a Cáritas Diocesana.

Decidí que saldría a caminar por el bosque para hacer ejercicio, para respirar, para conocer o reconocer los alrededores más allá del casco urbano. Aunque, por supuesto, eso no me iba a impedir avanzar en mi invasión de la biblioteca de mi abuela. Tras hablar con ella, decidí que esa semana iba a alternar obras de Dostoievski y de Jardiel Poncela, una pareja con pocos puntos en común, lo que me permitiría cambiar por completo de registro cuando me saturase de realismo ruso del xix o del inteligente humor surrealista español de la primera mitad del xx, que, como todo lo bueno, también acaba por cansar. Así podría limpiar la mente sin dejar de leer. Esperaba que entre Fiódor y Enrique me ayudasen a quitarme de la cabeza el allanamiento de la casa de Emilka, previsto para la semana siguiente.

LA TOS

Mi abuela seguía intentando cebarme como a un ternero, con cantidades ingentes de comida casera. Durante los primeros días de mi estancia en Congedo no había tenido problema en comerme casi todo lo que me ponía en los platos, pero llegó un momento en que me vi en la necesidad de pararle los pies.

A la hora de comer, ante el monumental plato de garbanzos con espinacas y huevo duro que tan solo era el preludio de una enorme fuente de chuletas de pierna de ternasco, decidí armarme de valor.

—Abuela...

—¿Sí?

—Mira, desde que he llegado he recuperado cuatro kilos. Cuatro kilos en doce días. Me encuentro mucho mejor y... quizá no me haría falta comer tanto. La semana pasada tenía mucho apetito, tal vez porque me sentía desnutrida, pero... ahora ya no.

—Al grano.

—Creo que nos bastaría con un solo plato en cada comida. Si quieres, yo podría hacer la compra y cocinar; tú podrías dedicarte solo al postre...

—Me parece bien. Yo también estoy algo inapetente.

Abrí la boca, con asombro. Esperaba mucha más resistencia por su parte.

—¿Sí? Estupendo. Pensaba que... te subirías por las paredes.

—Me siento cansada, Ofelia. Me alegro de que estés aquí y así no tener que trabajar tanto.

—Claro, no te preocupes. Yo me encargo de todo lo que tú no quieras hacer.

Por primera vez, mi abuela no había trufado sus frases de palabras malsonantes. Y su sonrisa parecía la falsa mueca de ciertas marionetas.

Me dio mala espina.

* * *

El martes, se levantó mucho más tarde de lo habitual. Cerca de las diez de la mañana.

–¿Qué tal has dormido? –le pregunté, mientras desayunábamos a una hora nada habitual.

–Bien, de un tirón. Pero no he descansado todo lo que yo esperaba. Quizá me paso la noche soñando que corro la maratón, no sé.

Mientras yo salía a dar una vuelta por el bosque, ella se quedó en casa. A mi regreso la encontré de nuevo dormida sobre el sofá del salón. La dejé descansar hasta la hora de comer y, para entonces, aseguró que se encontraba mejor.

El miércoles, parecía más animada. Estuvo tan malhablada como siempre y me propuso que hiciese una pausa en *Crimen y castigo* y pasase a leer *El amor solo dura 2.000 metros*.

–Yo creo que es la mejor comedia de Jardiel, por mucho que todo el mundo ponga por las nubes *Eloísa está debajo de un almendro*.

Me leí la obra de teatro en un par de horas, y terminé a tiempo para preparar la comida: ensalada de tomate y tortilla de calabacín.

Cuando estaba poniendo sobre la mesa platos y cubiertos, mi abuela bajaba por la escalera desde el piso de arriba.

Y entonces la oí toser, por primera vez.

Sentí un escalofrío.

Era la misma tos, seca y metálica, que yo había padecido durante mi pasada enfermedad.

–¿Y esa tos, abuela? –le pregunté.

–No es nada.

–¿Tienes fiebre?

–No.

–¿Cómo lo sabes? ¿Te has tomado la temperatura?

–A mis años, sé perfectamente cuándo tengo fiebre y cuándo no. Y ahora, es que no.

Comimos en silencio. Mi abuela lo hizo con muy poco apetito, pero se terminó la ración que le serví. Y aprovechando que parecía estar en fase obediente, al terminar con el postre decidí no darle opción.

–Vamos a ponerte el termómetro.

No se resistió, no proclamó que se encontrara perfectamente, no aventuró que el termómetro le daría la razón. No dijo nada.

–Treinta y siete con seis –recité mirando a la luz de la ventana la columnita plateada.

–¿Ves? Es muy poca fiebre.

–Pero es fiebre, abuela.

Con la excusa de prepararle una infusión de manzanilla, me dirigí a la cocina. Había visto, sujeta con una chincheta al marco del armario de la vajilla, una lista con teléfonos de emergencia. Allí figuraba el del dispensario médico del pueblo, al que llamé de inmediato. Nadie contestó. Llamé entonces a la farmacia de don Nicomedes Gonzaga, que vivía sobre su establecimiento y, cuando cerraba, desviaba el teléfono de la botica a su vivienda con un interruptor. Tecnología punta de la época.

–Diga.

–¿Don Nicomedes?

–Al aparato.

–Soy Ofelia, la nieta de Maravillas Gómez. He llamado al dispensario y no hay nadie. Por eso lo llamo a usted.

–¿Qué ocurre, Ofelia?

–Es mi abuela. Tiene algo de fiebre y tose de vez en cuando.

–¿Algo más? ¿Le cuesta respirar, tiene erupciones en la piel, mareos...?

–De momento, no.

–No parece muy grave.

–Verá: he pasado hace poco la enfermedad. El virus, ya sabe. Y yo tenía la misma tos que ahora tiene ella. Igual, igual.

Calló don Nicomedes durante unos segundos.

–Que no salga de casa. Ni tú tampoco. En cuanto abramos esta tarde la farmacia, os mandaré al mancebo con una botella de oxígeno y una boquilla. Supongo que sabes usarla.

–Desde luego.

–Voy a llamar también a Calatayud para que el doctor Bálsamo pase mañana por vuestra casa. Atiende varios pueblos, así que no sé a qué hora irá.

–No se preocupe, lo esperaremos aquí, sin movernos de casa.

–Bien. Si tu abuela empeora o necesitas algo, vuelve a llamarme.

–Gracias, don Nicomedes.

Colgué, por un lado más inquieta, por otro, más aliviada, tras comprobar cómo en un pueblo pequeño quizá haya menos medios que en una gran capital, pero la buena vecindad se convierte en una poderosa aliada.

Salvo, quizá, en el caso de tipos como Emilka.

Mi abuela se sentó en el sofá del salón a escuchar la radio. Yo abandoné la biblioteca y me quedé leyendo a su lado. De cuando en cuando, alzaba la vista de *Crimen y castigo* o de *Las cinco advertencias de Satanás* y me quedaba mirándola. Cuando ella se apercibía, me miraba y sonreía.

* * *

Al día siguiente, jueves, cuando yo ya había empezado a leer *El jugador*, llegó el doctor Bálsamo.

Jesús Bálsamo era un hombre afable, alto y más bien gordito. Llevaba en la solapa una insignia en forma de violín. Como entró en casa con una mascarilla quirúrgica de color verde claro, me resultó difícil establecer su edad. Por el tipo de gafas que usaba y por el color y abundancia del cabello, le calculé entre treinta y siete y cincuenta y dos. Ya sé que no es mucha precisión, pero si queréis precisión os compráis un Longines. Me pidió mis papeles del hospital, que leyó con detenimiento. Luego, reconoció a la abuela de arriba abajo y, finalmente, le tomó una muestra de sangre para hacerle un análisis.

–La veo muy bien, Maravillas –concluyó, cerrando el maletín–. Yo creo que no hay de qué preocuparse, pero, por si acaso, vamos a asegurarnos. Pasaré a verla cuando tenga los resultados del análisis de sangre, seguramente el próximo lunes. Pero si empeora, que su nieta me llame de inmediato.

El doctor Bálsamo hacía honor a su apellido. Hablaba de un modo relajante, dando sensación de sapiencia infinita, de control absoluto de la situación. Irradiaba confianza, que es lo primero que todo enfermo necesita.

–¿Tiene la enfermedad? –le pregunté al doctor en el recibidor, cuando lo acompañé para despedirle.

–Tiene algunos síntomas, sí. Pero lo sabremos cuando le hagan la prueba.

–Ha sido culpa mía, ¿verdad?

Bálsamo sonrió detrás de la mascarilla, lo noté en sus ojos.

–No. Tú estás curada. Según los colegas del Hospital Provincial, no has podido contagiarle el virus. Pero quizá algo que hayas traído y que se pudo contaminar allí... ¡Vete a saber! Lo que es una suerte es que tú, que ya has pasado la enfermedad y eres inmune, estés aquí para cuidar de tu abuela. También es posible que el virus haya llegado a Congedo por otro camino. Esto de los virus es una gaita. Nos parecía que las bacterias tenían mala leche, pero los virus son mucho más pequeños, más astutos y mucho más difíciles de matar. Y la gente va y viene sin parar a Calatayud, a Zaragoza..., incluso a Madrid y a otros sitios. Esto es un sindiós.

–¿Se va a morir, doctor?

–¿Quién, yo?

–No, mi abuela.

–Tarde o temprano, todos nos tenemos que morir, Ofelia.

–Conozco la condición mortal del ser humano, doctor –repliqué con retintín–. Lo que le pregunto es si se va a morir ahora, de esto.

Bálsamo suspiró.

–No lo sé, Ofelia. Espero que no. De momento, sus síntomas son leves y hay gente que pasa la enfermedad casi sin enterarse. Ya veremos cómo va. Por supuesto, que no pise la calle ni reciba visitas. Y tú, dúchate siempre justo antes de salir de casa. Toma, aquí tienes una lista de los teléfonos en los que puedes localizarme en cada día de la semana y en cada momento del día. Ya ves que soy un médico itinerante. De hecho, mi segunda vocación, tras la medicina, era la de titiritero.

Me entregó una de sus recetas, una cuartilla, con un cuadrante escrito a máquina.

–Gracias, doctor. Y espero que en la próxima vida sí pueda ser titiritero.

OXÍGENO

Los siguientes días fueron mucho más llevaderos de lo que imaginaba. Mi abuela no empeoró ostensiblemente, sino que se mantuvo con fiebre moderada y tos intermitente. Cansada todo el rato, eso sí. De cuando en cuando, le conectaba la boquilla del oxígeno durante unos minutos. Le sentaba muy bien.

–A falta de coñac, esto del oxígeno puro es la leche en bote –ironizaba.

–No te acostumbres, abuela, a ver si te vas a volver oxigenómana.

–A mis años ya no tengo tiempo de volverme adicta a nada. Ni siquiera a respirar. Ni siquiera a quererte, Ofelia.

De cuando en cuando, me cogía la mano y manteníamos extrañas conversaciones.

–Me alegra tanto que estés aquí, Ofelia... Llevo veintitrés años sola, desde que tu abuelo murió, y nunca he necesitado a nadie; pero ahora me alegra tenerte aquí, conmigo. Eres una chica encantadora. Lo cual es bien raro, porque tus padres son insoportables.

–Pero, abuela, no digas esas cosas, que son mis padres...

–Sabes que lo digo desde el cariño.

–Pues menos mal que no lo dices desde el rencor.

–¿Cómo es posible que seas tan maja?

–Seré adoptada, supongo.

–¡Pues claro! ¡Esa es la única explicación! Te sacarían de la inclusa.

–Hablando de adoptados... ¿Tú crees que Ramiro es adoptado? Es que sus padres son más bien feos y él, en cambio...

–Él es guapísimo, ya lo sé. Se parece a Tyrone Power.

–Ay..., sí.

–¿No te habrás enamorado de él?

–¿Por qué lo dices?

–Porque los hombres guapos solo traen desgracias a las mujeres. Están concebidos así. Lo llevan en los genes. Ya sabes lo que pienso: la genética...

–Sí, ya sé: la genética es imbécil.

–Me alegra que pienses como yo.

–¿Y cómo era el abuelo Matías?

–¿El abuelo Matías? ¡Guapísimo! Ahora que lo pienso, también se parecía a Tyrone Power, como Ramiro. Menos mal que se murió joven, en aquel accidente de la mina, porque si no, habría acabado por hacerme muy desgraciada. En cambio así, los pocos años que estuvimos juntos, lo pasamos de miedo.

–¿Lo echas de menos?

Cerró los ojos, como para recordar mejor.

–Claro que sí. Pero si no se hubiese muerto, a estas alturas lo echaría de más, seguro. O, directamente, lo habría estrangulado con el cable de la radio.

Así era mi abuela. Todo un carácter.

En aquellos días no la dejé sola más que para bajar a comprar el pan. Y también el domingo, que me duché a conciencia antes de acudir al Marenostrum, donde Espallargas proyectó un *spaghetti western* bastante malo. *Dos valientes a la fuerza*, se titulaba. Lo único de interés fue que salía Ugo Tognazzi, que entonces era un actor apenas conocido y, algunos años después, ganaría la Palma de Oro en el festival de Cannes.

Fui a la proyección porque era mi última oportunidad de hablar con Ramiro antes del asalto a la casa de Emilka, que llevaríamos a cabo la tarde del día siguiente.

Apenas intercambiamos unas palabras, para recordar horas y puntos de encuentro. Fermín también acudiría, aunque solo para prestarnos un par de linternas de primera calidad, con pilas nuevas. En cierto momento, se nos acercó, disimulando muy mal.

–Definitivamente, se va –susurró.

–¿Emilka?

–Me ha dicho que le guarde la correspondencia. Se va esta noche. Como siempre, sin que nadie se entere. Sin testigos.

EL DÍA DEL ASALTO

Pasé aquel lunes en un sinvivir tan desasosegante que hasta la abuela Maravillas se percató de que pasaba algo raro y me miraba con el ceño fruncido. Cuanto más me empeñaba yo en aparentar normalidad y asegurarle que no pasaba nada fuera de lo común, más fruncía ella el ceño.

A las seis en punto, me despedí.

–Tengo que salir, abuela. Volveré para la cena.

–Suerte en lo que sea que tengas que hacer. Y si necesitas una coartada, yo juraré que has estado conmigo toda la tarde. Creo que el testimonio de un moribundo vale doble en los juicios penales.

–¿De qué hablas?

–¿Yo? De nada. Hala, corre.

Me dirigí a la esquina de las calles Sila y Escipión, uno de los ángulos de la parcela de Emilka. Allí había quedado con Espallargas y era también el lugar al que acudiría Ramiro tras bajar del autobús que lo traía de Calatayud.

Fermín ya estaba allí cuando yo llegué y Ramiro apareció poco después, lo que fue una suerte porque mis nervios no habrían soportado un retraso.

–¿Seguro que Emilka se ha marchado?

–Nadie lo ha visto irse, pero yo he pasado esta mañana simulando tener que entregarle un certificado y nadie me ha respondido. Yo diría que sí, que ha salido de viaje como todos los años.

–Bien. Oye, ¿no tendrá un perro?

–Nunca lo ha tenido, que yo sepa.

–Tendríamos que haber traído un filete empapado en cloroformo, por si acaso.

La parte posterior de la tapia que cerraba la parcela presentaba una forma irregular y, apenas iniciada la calle Sila, formaba rincón. Ese era el lugar elegido para el asalto.

Sin mediar palabra, Fermín me entregó dos sacos de arpillera y se apoyó con firmeza en el ángulo que formaba el muro. Ramiro trepó por su espalda hasta situarse de pie sobre sus hombros y yo hice lo propio con ambos, hasta lograr asomarme por encima de la tapia.

–¿Ves algo? –me preguntó Ramiro, en voz muy baja.

–Nada raro. Todo parece tranquilo. Voy a saltar.

Coloqué los sacos sobre el muro para protegerme de los cristales que lo coronaban y me deslicé sobre ellos, como un gato. Por fin, salté al otro lado con no poco riesgo, porque la altura era considerable. Pensé que el corazón me iba a estallar en el pecho al poner el pie por vez primera en la propiedad de Emil K. Turbolev, el tipo más siniestro y misterioso que imaginarse pueda. Y no dejó de galopar hasta que tuve la seguridad de que no iba a quedarme allí encerrada.

Por fortuna, el gran portón doble de madera disponía de una pequeña puerta que se cerraba tan solo con un cerrojo y un resbalón que se podían accionar desde dentro, así que, medio minuto después, la abría sin dificultad para dejar pasar a Ramiro.

—¿Seguro que no quieres entrar tú también, Fermín?

—Seguro, seguro. Así, si os pillan, os podré enviar a la cárcel una lima dentro de un pan.

Cerramos la puerta exterior y nos volvimos hacia la casa.

En ese momento, Fermín golpeó el portón varias veces, desbocándonos los corazones.

—¡Eh, abrid! —dijo.

Abrimos. Fermín entró y cerró tras de sí.

—¿Qué ocurre?

—Hasta el último momento esperaba que entraseis en razón —nos dijo—. Como veo que no es así, os voy a acompañar.

Mi primer impulso fue darle un abrazo al proyeccionista, que se mostró por ello bastante azorado.

Mi corazón, aunque algo más calmado, seguía latiendo desbocado. ¿Qué íbamos a encontrar allí? Por supuesto, yo llevaba varios días soñando con posibles hallazgos, desde tesoros valiosísimos a cadáveres por docenas. Y no me habría extrañado descubrir que Emilka no dormía en una cama, sino dentro de un ataúd situado en el sótano, como el conde Drácula.

Pero la realidad, por suerte o por desgracia, casi nunca es tan literaria.

Lo primero que vimos fue el huerto, completamente seco. Abandonado sin duda desde que don Próspero le había vendido su casa. Pero no solo el huerto estaba seco. Todo el terreno lo estaba, hasta el punto de que allí no crecía ni una brizna de césped; ni una mala hierba. Nada. Solo la tierra, pedregosa, irregular, baldía, monda y lironda.

A nuestra derecha, y siguiendo la línea del muro, destacaba el cobertizo que, suponíamos, hacía las veces de almacén o de garaje.

Todo estaba razonablemente limpio y meticulosamente ordenado. La leña, apilada al milímetro contra una de las paredes, cortada en trozos de longitud idéntica. Nos llamaron la atención varios tablones de madera y algunos sacos de yeso sin utilizar.

Avanzamos con cautela, rodeando la casa en dirección a la puerta principal y, al doblar la esquina, sentimos la primera oleada de inquietud.

Dominando la explanada delantera, tan yerma y pedregosa como todo el resto del terreno, pudimos contemplar un extraño manzano. Un árbol raro hasta resultar sobrecogedor. No era más que un tronco grueso y no muy alto, del que salía una sola rama principal, fuerte, sólidamente apuntalada al suelo mediante un barrón de hierro con una pieza en su extremo en forma de U. Casi al final de la rama habían brotado media decena de frutos que ya alcanzaban gran tamaño, impropio de la época del año en que nos encontrábamos.

–¿Has traído la cámara de tu primo?

–Claro que sí. Y le he puesto un carrete de alta sensibilidad. Un Fujicolor de 400 ASA.

–No sé qué es eso, pero sácale un par de fotos al manzano. Y a las manzanas, de cerca.

Dimos la vuelta entera a la vivienda y tomamos algunas fotos más. Luego, nos plantamos ante la puerta.

–¿Cómo pensáis entrar en la casa? –nos preguntó Fermín.

–No lo tenemos aún resuelto –le respondió Ramiro–. Es cosa de improvisar. Quizá a través de alguna ventana mal cerrada...

–Sé dónde hay unas llaves.

Nos miramos, sorprendidos.

–O sea que, finalmente, tienes más confianza con Emilka de la que nos decías.

–No son las suyas –nos explicó–. Son de don Próspero, el anterior dueño de la casa. Con él sí mantenía una buena amistad.

–¿Y si Emilka ha cambiado la cerradura?

–No lo ha hecho, estoy seguro; pero lo comprobaremos enseguida.

Las llaves, en efecto, se hallaban tras un ladrillo suelto, en la pared interior de un pozo cuyo brocal asomaba en uno de los rincones de la parcela. Ramiro tardó dos minutos en hacerse con ellas, siguiendo las indicaciones de Espallargas.

–¡Vamos!

La cerradura giró sin dificultad. Tomamos aire mientras empujábamos la puerta. Estábamos ante, posiblemente, el momento más tenso de aquella disparatada aventura.

Y es que, claro, existía la posibilidad, aunque remota, de que Emilka no se hubiese marchado. Podía haber caído enfermo y que esa fuera la causa de que no respondiese a las llamadas de Espallargas. Incluso podía haber sospechado nuestras intenciones y estar ahora esperándonos allí, en el salón de su casa, con una escopeta, dispuesto a abrasarnos a tiros o, al menos, a conducirnos al cuartelillo de la Guardia Civil y entregarnos al sargento Porras para que este nos encerrase en la cárcel de por vida.

Sin embargo, nada de eso ocurrió. Más allá de la puerta, el interior de la vivienda nos aguardaba, solitario y silencioso. En penumbra, además, pues Emilka había bajado todas las persianas antes de irse, así que debimos echar mano de nuestras linternas.

La cocina era amplia y estaba dotada de modernos electrodomésticos, incluida nevera eléctrica y termo para el agua caliente, artilugios no demasiado habituales en la España rural de aquel tiempo. Cada cosa se hallaba en su sitio y solo nos llamó la atención un pequeño frasco de cristal que reposaba boca abajo, junto a su tapa metálica, en un escurreplatos situado junto al fregadero. Estaba limpio y, en el costado, directamente sobre el cristal, figuraba pintado con esmalte rojo, en gruesos caracteres, el número 46.

Aquel tarro era lo único que parecía fuera de sitio, por lo que lo tomé con la mano y me lo acerqué a la nariz.

–Huele a jabón –murmuré–. Y también ligeramente a manzana.

–Y acabas de dejar tus huellas dactilares en el vidrio –me hizo ver Ramiro.

–Maldita sea..., tienes razón. Tendríamos que haber traído guantes –dije, limpiando el frasco con un paño que colgaba bajo la pila.

Una puertecita pintada de verde daba paso desde la cocina a una despensa de generosas dimensiones. Allí encontramos la típica acumulación de provisiones, tan propia de la gente de cierta edad: desde medio saco de patatas hasta grandes frascos con carne en adobo y un jamón a medio comer colgando de una cuerda. Pero desde el primer instante, algo llamó poderosamente nuestra atención.

—¡Eh, mirad eso! —susurró Ramiro, señalando la alacena del fondo, hecha de obra y alicatada con azulejos blancos.

Sobre ella, se apilaban un gran número de tarros de cristal, vacíos, en todo idénticos al que habíamos visto junto al fregadero. Al lado de estos, muy ordenados, otro montón de tarros iguales pero, en este caso, llenos de lo que parecía una mermelada de color amarillo claro. Todos ellos, rotulados con números rojos de dos, tres y cuatro cifras, pintados con laca de uñas sobre el vidrio.

—Saca fotos —le indiqué a Ramiro.

—¿Qué crees que puede ser? —me preguntó, mientras encuadraba.

—Ahí fuera solo hemos visto un manzano. Podría ser compota —aventuré—. Por el aspecto.

—¿Y qué significan las cifras de los frascos? —preguntó Fermín.

—Desde luego, no es una numeración correlativa. Ese, por ejemplo, tiene el número mil quinientos diez —dije, enfocando uno de los frascos con el haz de mi linterna—, pero aquí no hay mil quinientos frascos, ¿verdad?

—No, claro que no. Hay muchos menos —corroboró Ramiro.

De inmediato, sin necesidad de acuerdo, comenzamos un recuento exhaustivo. Multiplicando filas por columnas, pronto llegamos al resultado de que había 277 frascos vacíos y 82 llenos.

–En total... trescientos cincuenta y ocho –concluyó Ramiro–. Más el que hemos visto junto al fregadero, trescientos cincuenta y nueve. Un número extraño.

–Esto es muy raro –pensé en voz alta–. Algunas de las cifras incluso se repiten. Mirad: hay dos frascos vacíos con el doscientos once. Y, desde luego, Emilka no utiliza su contenido siguiendo un orden correlativo. Algunos de los vacíos tienen números muy altos. Allí veo el mil ochocientos once o el dos mil quinientos diez... y, sin embargo, del dieciséis al dieciocho todavía están llenos y sin abrir.

Incapaces de darle una explicación inmediata al misterio de los frascos, decidimos continuar nuestra exploración de la casa.

Tras salir de la cocina, recorrimos el resto de las habitaciones de la primera planta, donde solo nos llamó la atención que, a ambos lados de la chimenea que presidía el salón principal, allí donde otros acostumbran a colocar cornamentas de ciervo, Emilka había colgado dos enormes proyectiles de artillería, detalle que nos pareció terriblemente siniestro.

En la planta baja solo quedaban por explorar dos habitaciones pequeñas, ambas con cama individual, una mesilla y un armario vacío. Y, entre ambas, un cuarto de baño, de buena calidad pero muy antiguo, con una de esas bañeras de hierro con patas de latón. Desde la despensa se podía bajar a una bodega amplísima en la que, sin embargo, no encontramos otra cosa que polvo y algunas cajas con botellas de vino corriente.

La planta superior resultó ser la más interesante. El piso se dividía en tres espacios separados por puertas correderas, de modo que podía hacer las veces de gabinete, estudio y biblioteca; o todo ello al mismo tiempo. Enseguida percibimos que era la zona más personal de la casa, aquella que Emilka había hecho suya, arrasando con la decoración original y donde habitaba el verdadero espíritu de su nuevo dueño. Si deseábamos llegar a conocer y entender a Emil K. Turbolev, sin duda estábamos en el lugar adecuado.

EL ORO DE EMILKA

En la estancia del fondo había muchísimos libros, escrupulosamente alineados en estanterías que llegaban del suelo al techo. La mayoría, novelas de autores ingleses publicadas en su idioma original.

De las paredes de las otras dos salas colgaban un buen número de grandes fotografías en blanco y negro. Un Emilka joven y casi siempre vistiendo ropa deportiva era el protagonista de todas ellas. Unas veces en pleno esfuerzo, sobre la pista de atletismo; otras, en lo alto de un pódium con un ramo de flores en las manos. A veces, simplemente posando junto a hombres distinguidos y mujeres hermosas. En una de las imágenes se lo veía tomando la mano de un papa de cara cuadrada y gafitas redondas, a punto de besarle el anillo del pescador. En la parte inferior, podía leerse: «P. P. Pius, cardinale Ratti».

–Este no es el papa de ahora –murmuré.

–No –confirmó Fermín–. El de ahora es mucho más delgado.

Eso sí: adonde fuera y con quien fuera, Emilka siempre aparecía con gesto serio y cara de palo, con una expresión que recordaba a la de Buster Keaton en cualquiera de sus películas mudas.

Y, de pronto, en otra de las imágenes, lo reconocimos junto a Johnny Weissmuller.

–¡Ahí lo tenéis! –exclamó Espallargas–. ¿Lo veis? Era cierto: Emilka y Weissmuller se conocen.

–Sí, pero... aquí pasa algo raro –murmuré entonces–. Fijaos en la foto. Se diría que ambos tienen aproximadamente la misma edad. Emilka parece incluso algo mayor.

–Cierto, es extraño –corroboró Fermín–. Como ya os dije, Weissmuller tiene hoy en día sesenta y tres años, mientras que Emilka no aparenta esa edad en absoluto.

–Todo indica que nuestro amigo Turbolev ha envejecido bastante bien.

Ramiro no paraba de abrir cajones y armaritos para revisar su contenido, cosa que a mí me ponía especialmente nerviosa, aunque, al menos, tenía el buen juicio de utilizar su pañuelo para evitar dejar huellas.

–Mirad esto –dijo de pronto, alzando en la mano un buen montón de sobres postales, sujetos por una goma elástica–. Son cartas procedentes de Lausana.

–Ya os lo dije. Toda la correspondencia que recibe le llega de allí. Puede que sea la ciudad de residencia de sus familiares.

–Pues estas cartas no se las envía ningún familiar –anunció Ramiro, tras abrir uno de los sobres y leer el contenido de la misiva–. ¡Se las envía el Comité Olímpico Internacional!

–¿En serio?

En efecto, el membrete de las misivas no era otro que el conocidísimo emblema de los cinco aros de diferente color.

Las cartas estaban redactadas en francés. Entre Ramiro y yo las tradujimos por encima y llegamos a una asombrosa conclusión:

—¡Madre mía! ¡Emilka pertenece al Comité Olímpico Internacional! —exclamé—. Eso explica sus viajes. Son para asistir a la asamblea anual del COI, que se celebra en su sede de Lausana, Suiza.

—Aquí veo las invitaciones de... —Ramiro deslizó el dedo pulgar por el borde de los sobres, para contarlos— los últimos treinta y siete años.

En las seis cartas más recientes figuraba el nombre de nuestro pueblo. En las once anteriores podía leerse una larga dirección de Silkeborg, en Dinamarca. En las restantes, la de una población del área de Turín, Italia.

El misterio que rodeaba a Emilka crecía minuto a minuto; y no había hecho más que empezar.

Tras dejar las cartas del COI en el mismo estado en que las habíamos encontrado, continuamos con nuestro minucioso registro. En el siguiente paño de pared, comprendido entre dos gruesas columnas, nos topamos con una nueva sorpresa: nada menos que doce enmarcaciones que preservaban otras tantas medallas olímpicas de gran tamaño. En las dos primeras, podían apreciarse dos figuras femeninas sentadas, sosteniendo una corona de laurel sobre la cabeza de un atleta desnudo. Debajo, se leía: «Olimpic Games. London, 1908». En otras tres se veía a un tipo con una trompeta junto a una columna con un busto. El texto decía: «Olympiska Spelen. Stockholm, 1912». La inscripción «Anvers MXMXX» aparecía en otras cuatro medallas. Las dos siguientes mostraban una estela que combinaba instrumentos musicales, úti-

les deportivos y la frase: «VIIIème Olimpiade. Paris, 1924».
La medalla número doce rezaba: «IXe Olympiade. Amster-
dam, 1928».

A la luz de nuestras linternas, aquellas piezas brillaban
con un fulgor especial.

–Parecen auténticas medallas olímpicas –murmuró Fermín–. ¡Y todas son de oro!

–¿Crees que las ganaría Emilka?

–¡Cómo va a ganarlas Emilka! Las más antiguas son de la
Olimpiada de Londres de 1908. Si Emilka hubiese competido
allí, por joven que fuera entonces, ahora debería tener ochenta
años. ¡Es imposible!

–Entonces, quizá las ganase alguien de su familia –supuso
Ramiro–. Su padre, tal vez...

Mientras Fermín y Ramiro parecían quedarse hipnotiza-
dos por el medallero personal de Emilka, yo me sentí atraída
por una pequeña vitrina situada junto a la columna derecha.
Tras abrirla, saqué de ella cuatro latas metálicas planas y redondas, del diámetro de un plato llano.

–¿Qué es eso? –preguntó Ramiro.

–Parecen... películas de cine –respondí.

Mi apreciación atrajo de inmediato la atención de Fermín.

DIECISÉIS MILÍMETROS

–Son películas de dieciséis milímetros –dijo Espallargas,
abriendo una de las latas, para comprobar su contenido.

Las latas mostraban unas etiquetas con lo que parecían ser
los títulos en francés de los cuatro cortometrajes.

–*Momentos olímpicos, Los años del barro, El sargento de hierro* y *Missil-Turbolev* –tradujo Fermín, consecutivamente.

–¿Podríamos proyectarlas en el Marenostrum?

–Imposible –negó él rotundamente–. El cine comercial utiliza película de treinta y cinco milímetros. Los proyectores del Marenostrum no sirven.

–¿Y tú no tienes un proyector de esos, para dieciséis milímetros?

–¿Yo? ¡Pobre de mí! Son aparatos muy caros. Solo los he visto en revistas especializadas. Quizá podríamos alquilar uno en Zaragoza.

Apreté los puños, dejando patente mi frustración.

–De todos modos, sería raro que alguien que posee películas como estas no disponga de un proyector propio para verlas de cuando en cuando.

–¡Pues claro! Muy cierto, Fermín –lo apoyé esperanzada–. Sin duda, tiene que estar en algún lugar de su casa. ¿Qué aspecto tiene un proyector de dieciséis milímetros?

–La mayoría son portátiles y, cuando están plegados, parecen una pequeña maleta vertical, con un asa en la parte superior. De este tamaño, más o menos –dijo, colocando la mano a unos setenta centímetros del suelo.

–¡Tenemos que encontrarlo! Estoy convencida de que en esas películas hay información fundamental sobre Emilka –insistí, con toda la vehemencia de la que fui capaz–. ¡Tenemos que verlas a toda costa!

Fermín lanzó un lento vistazo circular a la sala en que nos encontrábamos y, de inmediato, se dirigió a la pared del fondo. Tras subirse de puntillas a una silla, estiró el brazo hasta enganchar con los dedos una argolla apenas visible tras la moldura de escayola del techo. Al tirar de ella hacia abajo, fue desplegando una pantalla de cine de notables dimensiones.

–¡Ajá! Aquí es donde se hacen las proyecciones.

–¡Magnífico! –exclamé–. ¿Y el proyector?

Fermín se acarició el mentón.

–No creo que esté en la casa. La hemos recorrido entera y, de haberlo visto, no me habría pasado desapercibido.

–Pues solo hay un lugar en el que aún no hemos estado –observó Ramiro.

–¡La cochera! –concluí.

GIULIETTA

Lo primero que nos sorprendió al entrar en la cochera fue su tamaño, mucho mayor de lo que podía suponerse al verla desde fuera. Lo segundo fue un gran bulto cubierto por una funda de tela de color azul oscuro, que permitía adivinar sin mucho esfuerzo la silueta de un automóvil de tipo cupé. Ramiro levantó con cuidado la tela, doblando una mitad sobre la otra, dejando al descubierto la parte delantera de un precioso auto de color rojo.

–Es un Alfa Giulietta Sprint –dijo–. Una chulada. No tenía ni idea de que Emilka tuviese automóvil.

–Ni tú ni nadie en el pueblo –comentó Fermín.

–Pues yo creo que tiene dos –deduje–. Aquí parece quedar el hueco para aparcar otro coche. Y veo ahí, plegada en ese estante, otra funda igual que esta.

Fermín asintió.

—Tienes razón. Sin duda, se ha marchado a Suiza conduciendo el otro coche.

—No sé qué modelo será, pero yo me habría llevado el Giulietta –dijo Ramiro–. ¡Qué bonito es!

La luz exterior entraba a raudales por los tragaluces superiores, por lo que allí no necesitábamos las linternas. Avanzamos lentamente, barriendo entre los tres con la mirada hasta el último recoveco. De pronto, don Fermín se detuvo, dio una palmada de satisfacción y señaló un objeto grande, situado sobre una estantería metálica.

—¡Ahí está! –exclamó simplemente.

—¿El proyector de dieciséis?

—¡Sí, señor, este es! ¡Ah, qué preciosidad!

Al retirarlo de su lugar, dejó sobre la balda un cuadrado exento de polvo.

KODAK

El condenado aparato, un Kodak Pageant, pesaba lo suyo, pero entre Fermín y Ramiro lo trasladaron con mimo. Una vez estuvimos de vuelta en la sala de las medallas, lo situaron sobre una mesita auxiliar.

La tapa que cerraba el proyector era, en realidad, un altavoz, que colocamos frente a nosotros, junto a la pantalla.

Lo enchufamos a la corriente y Espallargas introdujo la primera de las cuatro películas en el eje del brazo delantero. Luego, fue pasando el extremo del filme por los distintos engranajes del proyector, hasta engancharla en la bobina vacía situada en el brazo trasero.

Para alguien sin su oficio habría resultado una operación muy laboriosa, pero a él le llevó apenas un suspiro cinematográfico.

–Esto ya está listo –anunció Fermín–. ¿Preparados?

–¡Adelante! –dijo Ramiro, apagando la luz.

Espallargas accionó el mando principal y, de inmediato, comenzó a sonar una especie de marcha militar, al tiempo que se dibujaba sobre la pantalla la imagen del rótulo de inicio.

L'Institut National de l'Audiovisuel (I.N.A.)
présente

Moments Olympiques

un film documentaire de
Romain Galebond

Esta primera película era un documental en blanco y negro, con imágenes antiquísimas de las primeras citas olímpicas de la era moderna. Abarcaba desde Atenas 1896 hasta Estocolmo 1912. En buena parte, se trataba de simples fotos fijas, con rótulos y una narración de fondo, en francés. Pero también vimos algunas tomas en movimiento, muy primitivas, en las que se apreciaba a atletas con impresionantes mostachos y jueces de pista tocados con chistera de seis reflejos. Todo sucedía muy deprisa y nos hacía mucha gracia hasta que, de repente, ya avanzada la proyección, durante la crónica de los juegos de Londres de 1908...

–¡Eh! ¿Lo habéis visto? –exclamé, poniéndome en pie–. ¡Echa la cinta hacia atrás, Fermín, por favor!

Espallargas detuvo la proyección e hizo retroceder la película hasta un punto en el que se veía a un grupo de atletas preparados para tomar la salida de una carrera.

–¡Ahí está! –dije, señalando la pantalla–. ¡Por Dios, por Dios! ¡Ahí está! ¡El segundo por la derecha!

Era apenas un muchacho, pero nos bastó contemplar su rostro hierático y sus ademanes sobrios para tener la certeza de que se trataba de él.

Según explicaba la voz en off del locutor, en aquella remota olimpiada, Emil Turbolev ganó la medalla de oro en los 5.000 metros lisos y en los 3.200 metros obstáculos, compitiendo con los colores del equipo húngaro, a pesar de haber nacido en Polonia, en la región de Silesia. Y cuando la narración alcanzó la siguiente cita olímpica, Estocolmo 1912, descubrimos que Turbolev consiguió allí la medalla de oro en 5.000 y 10.000 metros lisos y en 8.000 metros campo a través.

Terminada esta primera proyección, y mientras Fermín rebobinaba el primer filme y, luego, colocaba la siguiente película en el proyector, Ramiro y yo nos miramos de reojo, con la boca entreabierta y gesto de estupor. Y así estuvimos, sin cruzar palabra, hasta que Espallargas apagó de nuevo la luz de la sala y comenzó la proyección del segundo documental.

Marathon – I

Les années de la boue:
(De Spiridon Louis à Emil Turbolev.)[1]

R.T.F. 1963

_____

1. Maratón – I. Los años del barro: de Spiridon Louis a Emil Turbolev.

... rezaba la carátula de presentación. Era esta una crónica de unos quince minutos de duración centrada exclusivamente en la maratón olímpica. Se recopilaban allí imágenes de algunos de esos momentos dramáticos que suele proporcionar la más larga de las pruebas atléticas.

Visionando este rollo, nos enteramos de que Turbolev fue el ganador de esta prueba en los juegos de Ámsterdam de 1920 y en los de París 1924.

ODEON – 1926
présente

Emil Turbolev
le sergent en fer.[2]

Un court-métrage réalisé par Jean Renoir

Esa tercera película nos dejó impresionadísimos.

Por ella supimos que Emilka había combatido en la Primera Guerra Mundial con el ejército francés, destacando como un soldado ejemplar. Destinado al batallón de zapadores, hizo famosa su capacidad para cavar trincheras y refugios a velocidad de vértigo. Al final de la contienda había alcanzado el grado de sargento mayor. Recibió la Cruz de Guerra antes de volver a los entrenamientos para participar en los llamados Juegos Olímpicos de la Paz, celebrados en Amberes en 1920, en los que logró otras cuatro medallas de oro. En esta ocasión, con el equipo suizo.

97

---

2. Emil Turbolev, el sargento de hierro.

Al terminar este *biopic* y sin mediar palabra, Fermín Espallargas colocó en el brazo del proyector la cuarta y última
bobina:

A Stanley Kubrick's Film

Dr. Missil-Turbolev

*(or How I Learned to Stop Worrying
and Love the Marathon)*[3]

**A Pinewood Studios Production,
England, MCMLXI**

Aunque este último documental era de producción inglesa,
estaba subtitulado en francés, por lo que también compren-
dimos casi todo su contenido.

Así, además de rememorar toda su carrera anterior, supimos que Turbolev ganó la medalla de oro en 10.000 metros
lisos en los Juegos Olímpicos de París 1924, esta vez inte-
grado en el equipo holandés, y finalmente que, ya con treinta
y nueve años, participó en la Olimpiada de Ámsterdam de
1928, donde volvió a ganar la prueba de la maratón bajo nacionalidad italiana.

Y, a partir de ese momento, desapareció del mundo.

Tras el rótulo *THE END* y una vez que se perdieron los últimos acordes de la música de Schubert utilizada por Kubrick
como banda sonora, don Fermín detuvo el proyector. Al cesar

3. Dr. Missil-Turbolev (o cómo dejé de temer y empecé a amar la maratón).

su sonido traqueteante nos vimos envueltos en el silencio y la oscuridad. Un silencio casi doloroso que duró justo hasta que lo rompió Ramiro.

–Era Emilka, ¿verdad? –preguntó de forma retórica y en un tono bajo que delataba cierto temor–. Era él todo el tiempo. No se trataba de su padre ni de su abuelo ni de ninguna otra persona. El que salía en las imágenes, ganando medallas olímpicas y recibiendo condecoraciones de guerra, era él. Él en persona.

–Estoy seguro de que es así –corroboró Fermín–. Era su mirada. La misma que me ha dedicado tantas veces cuando llamo a su puerta para entregarle un certificado y que me eriza los pelillos de la nuca sin poder evitarlo.

–Sin embargo, os daréis cuenta de que es... imposible –dije–. ¿No habéis cotejado las cifras?

–Yo no sé ni lo que significa cotejar –reconoció Fermín.

–Si Emilka hubiera competido con diecinueve años en la Olimpiada de 1908, significaría que actualmente tiene... setenta y ocho años.

–¡Madre mía! ¡Pero si parece más joven que yo, que voy a cumplir cincuenta y cinco! –exclamó Fermín.

–¡Por eso es imposible!

Aún permanecimos perplejos y confusos durante unos minutos más. Y es que el visionado de aquellos cuatro documentales solo había servido para acrecentar el tamaño del enigma principal: ¿quién era realmente Emil K. Turbolev, ese octogenario con aspecto de cincuentón que había ganado doce medallas de oro en cinco olimpiadas consecutivas, compitiendo en cada ocasión con diferente nacionalidad?

ACCESO A LA MINA

Primero, con todas las precauciones, devolvimos el proyector Kodak a su lugar en la cochera y, a continuación, subí a la sala de las medallas para dejar las cuatro películas exactamente como las había encontrado.

Eché un último vistazo general a la habitación; luego, bajé a la planta principal y abandoné la casa con la incómoda sensación de que estaba olvidando algo importante.

Cuando salí, vi a Espallargas fuera, a la espera, junto al horrible manzano.

−¿Y Ramiro?

−Aún en la cochera −dijo el proyeccionista−. Creo que está admirando el Alfa Romeo.

Sin llegar a entrar en el cobertizo, lo llamamos desde la puerta. Al no contestarnos, decidimos volver a entrar.

−¡Ramiro! Ramiro, ¿dónde estás?

No se hallaba a la vista ni tampoco obtuvimos respuesta.

−Este chico... −murmuró Fermín con disgusto.

−¡Ramiro! ¿Por dónde andas? ¡Tenemos que irnos!

Avanzamos con cautela, rodeando el Giulietta, uno por cada lado, hasta llegar al fondo del cobertizo.

−¡Ramiro! ¿Se puede saber dónde te has metido? −volvió a gritar Fermín, claramente inquieto.

−¡Eh! Mira eso... −exclamé entonces, señalando el rincón más cercano.

Allí, ciertamente disimulada, se abría una amplia trampilla de madera, que daba acceso a una escalera que descendía hacia el subsuelo. Nos aproximamos a ella y Fermín, haciendo bocina con las manos, volvió a gritar el nombre de Ramiro a través del hueco. Tras unos segundos de verdadera angustia, nos llegó su voz, amortiguada por la distancia.

—¡Estoy aquí! ¡Bajad! Y preparaos para ver algo que no podéis ni imaginar.

Descendimos, linterna en mano. Llegamos en primer lugar a una plataforma de tierra compactada, una especie de habitación en la planta sótano, que se extendía en dirección sur, hasta desembocar en el arranque de una rampa que descendía en espiral. Allí nos esperaba Ramiro. Sin ofrecernos la menor explicación, simplemente iluminó el hueco central de la rampa con su linterna. El haz de luz se debilitaba antes de alcanzar el fondo, lo que hacía imposible calcular su profundidad.

—¿Imagináis qué es esto? —preguntó.

Y sí, yo tenía una posible respuesta, aunque no sabía si era un disparate.

—¿Un... acceso a la mina de Las Dolinas, tal vez?

—¡Es justo lo que yo creo! Recuerdas al hombre que trotaba sobre nuestras cabezas cuando cruzábamos con tu abuela el paso de La Sospechosa? Ahora no tengo duda de que se trataba de Emilka corriendo por las galerías abandonadas de la mina. Seguro que accede a ellas bajando por este pozo.

—Tal vez las use como lugar de entrenamiento —aventuró Fermín tan impresionado como nosotros—. Así, conseguiría mantenerse en forma, pero fuera de la vista de la gente del pueblo. Hasta ese punto odia relacionarse con los habitantes de Congedo. O con los seres humanos, en general.

—Lo que me pregunto —murmuró Ramiro— es si este acceso ya estaba aquí cuando le compró la casa a don Próspero Pancorbo... o si lo ha construido él, con sus propias manos.

–Recordad que, en uno de los documentales que hemos visto, se decía que durante la Gran Guerra estuvo en el Regimiento de Zapadores y era capaz de cavar trincheras más rápido que nadie.

–Una cosa es cavar trincheras y otra, perforar un pozo como este. Ha tenido que extraer del subsuelo centenares de metros cúbicos de tierra. Para empezar, ¿dónde está toda esa tierra?

Ramiro no tardó en encontrar una posible respuesta.

–Creo que la ha extendido por el terreno de alrededor de la casa, en una capa uniforme. Por eso no crece ni una mala hierba en toda su parcela: la grava subterránea es improductiva.

Nos miramos, inquietos. Cada descubrimiento sobre Emilka acrecentaba nuestra desazón, nos provocaba un nuevo escalofrío, nos abocaba a un mayor enigma.

4. LA ENFERMEDAD

Al día siguiente, temprano, a mi regreso de la panadería, me encontré por la calle de Nerón con el doctor Bálsamo, que acababa de aparcar su Renault y se dirigía también a nuestro domicilio.

–Madruga mucho, doctor –le dije, a modo de saludo.

No llevaba mascarilla, por lo que pude verle la cara por vez primera. Tenía un rostro afable. Se parecía notablemente al actor norteamericano Bob Hope.

–Algunos días, no me queda otra, Ofelia –me dijo, simulando una sonrisa–. ¿Cómo sigue tu abuela?

–Más o menos igual, doctor. Resulta un tanto frustrante ver que no mejora, que sigue teniendo esas mismas décimas de fiebre a pesar del antitérmico, la misma tos a pesar del jarabe y la misma falta de oxígeno en momentos puntuales. Pero tampoco empeora, y eso me da esperanzas.

–Eso está bien. –Carraspeó entonces largamente–. Oye, escucha, recogí ayer los resultados de sus pruebas y…, en fin…, han dado positivo.

–¡Oh, no...!

–Me temo que está contagiada por el virus. Y, por favor, no me preguntes si se va a morir, porque tengo que darte la misma respuesta del otro día: espero que no, pero no lo sé con seguridad. A su edad, hasta un simple resfriado puede derivar en un grave problema. De momento, vamos a seguir con el mismo tratamiento, a ver cuál es su evolución.

A partir de ese momento, tuve que recurrir a todos mis recursos de actriz para evitar que la abuela Maravillas pudiera sospechar mi preocupación. Traté de comportarme como de costumbre, con la única salvedad de que, de cuando en cuando, tomaba alguna nota sobre el asunto Emilka en un bloc de tapas amarillas que había destinado exclusivamente a este fin. Esas anotaciones eran destellos, detalles, pequeñas teorías, recuerdos puntuales del asalto a su casa la tarde anterior. No quería olvidar nada que más tarde nos pudiera ser de utilidad.

AGFA-GEVAERT

Al día siguiente, mientras alternaba la lectura de *La tournée de Dios* y *Los hermanos Karamázov*, tuve un verdadero fogonazo de intuición. En un momento dado, mientras leía la divertidísima novela de Jardiel Poncela, se encendió sobre mi cabeza esa bombilla gorda que a veces aparece flotando en el aire cuando tenemos una idea.

Y la bombilla tuvo que ver en este caso con la misteriosa numeración de los frascos de cristal que hallamos en la casa de Emilka.

Como para confirmar mi teoría necesitaba las fotos que Ramiro había tomado el lunes anterior y que hoy ya estarían reveladas, pasé todo el día nerviosa, esperando la llegada del autobús de Calatayud. Ese nerviosismo incluyó que, después de comer, olvidase sobre el fuego de la cocina la cafetera, arruinando su contenido. Mi abuela, que seguía sin mejorar ni empeorar, me lanzó una mirada de hielo, pero, asombrosamente, ni una sola palabra de reproche salió de sus labios. La fiebre, aunque no muy alta, yo creo que había empezado a debilitar su carácter. Y eso, aunque por un lado era algo bueno, porque facilitaba la convivencia, por otro me preocupó sobremanera.

Al fin, con algo de retraso sobre el horario habitual, llegó el coche de La Numantina y de él descendió Ramiro, que me entregó un sobre con publicidad de AGFA.

—Las fotos —me dijo simplemente.

Nos sentamos en el pretil de la fuente de los nueve caños, abrí el sobre y las examiné con detenimiento.

—¿Sabes? Creo que he dado con la solución a la misteriosa numeración de los frascos de Emilka —le dije.

—¡Oh! Déjame adivinar... —replicó él de inmediato—. ¿Podría tratarse de los días del año?

Alcé una mirada cargada de fastidio hasta encontrar la media sonrisa de Ramiro.

—Maldito seas... ¿Lo sabías y no me habías dicho nada?

—No, mujer. Acabo de entenderlo. Justo hace un rato, mientras miraba las fotografías en el autobús. Al principio, la forma de numerarlos me parecía de lo más absurda, hasta que he caído en la cuenta de que se corresponde con la manera más sencilla de señalar los días del año. Por ejemplo, sobre el fregadero encontramos el frasco 46. Seguramente, Emilka había utilizado su contenido justo antes de salir de viaje. Luego, lo fregó y lo dejó boca abajo sobre el escurridor. 46 indicaría cuatro del seis, o sea, cuatro de junio: el día en que Emilka se fue a Lausana. Conclusión: los números indican qué día debe utilizarse su contenido.

Sonreí. Era la misma conclusión a la que yo había llegado. Le fui mostrando las fotografías que corroboraban nuestra teoría.

–Todo encaja: algunos frascos con números muy bajos estaban sin abrir porque corresponden a los días iniciales de junio, julio y agosto, que aún están por venir. Por ejemplo, el 16, 17 o 18.

–En cambio –continuó Ramiro, tomándome el relevo–, el frasco 304, aunque su cifra es mayor, ya estaba vacío porque corresponde al treinta de abril, que ya ha pasado.

–Exacto. Y hay algunos números repetidos porque, usando un sistema tan simple, resulta inevitable. Por ejemplo, el número 111, que tanto puede ser el primero de noviembre como el once de enero.

–Sin embargo, me desconcierta el número de frascos. Contamos un total de trescientos cincuenta y nueve. Si estamos en lo cierto, deberían ser trescientos sesenta y cinco, tantos como días tiene el año.

–Para eso, tengo la solución –dije, en un tono que pretendió ser insinuante–. En realidad, el número total de frascos es de trescientos sesenta y seis, los días de un año bisiesto. –Le mostré una de las fotografías–. Como ves, hay un frasco numerado 292, veintinueve de febrero, que Emilka solo usará cada cuatro años.

–¿Y dónde están los frascos que faltan?

–De trescientos cincuenta y nueve a trescientos sesenta y seis, faltan siete. Sin duda, se los ha llevado Emilka, porque va a estar siete días fuera de casa y necesita un frasco cada día.

Ramiro abrió la boca, luego sonrió y finalmente, asintió.

–Por supuesto... –susurró–. ¡Muy lista, Ofelia!

–Gracias –dije, sonrojándome ligeramente.

–Solo nos quedaría una cuestión: ¿qué contienen esos frascos?

Me encogí de hombros.

–No lo sé. Tiene aspecto de compota de manzana, pero vaya usted a saber.

–Tendríamos que habernos llevado uno –se lamentó Ramiro, tras chasquear la lengua.

–Habría sido la peor idea del mundo. A su regreso, Emilka lo habría echado en falta de inmediato.

Bebimos unos tragos de la ferruginosa agua de la fuente y nos pusimos en camino hacia la casa de Ramiro. Tenía que estudiar.

–¿Y si realmente fuera compota? –dijo él de repente–. Compota hecha con las manzanas de su manzano, ese tan feo.

–Imposible –repliqué–. Ese árbol no parece que pueda dar más de seis u ocho manzanas cada año. ¿Cómo va a llenar Emilka trescientos sesenta y seis frascos de compota con ellas?

Ramiro afiló la mirada, sin dejar de caminar.

–¿Y si aprovecha sus viajes a Suiza? Tal vez regrese con el coche lleno hasta arriba de manzanas del Tirol. O quizá traiga un enorme barril lleno de compota que luego reparte en los frascos.

Me alcé de hombros.

–Es posible; pero no deja de ser otra teoría de la que no tenemos pruebas.

Yo miraba de perfil a Ramiro, sin lograr dejar de pensar en lo guapo que me parecía. De pronto, sacudió la cabeza.

–El caso es que asaltamos la casa de Emilka buscando el origen de la maldición que asola nuestro valle y solo hemos encontrado nuevos misterios que no parecen tener ninguna relación con el círculo de sequedad.

–Habrá que seguir investigando, entonces.

Habíamos llegado a la entrada del balneario.

–Yo lo que necesito es seguir estudiando si quiero aprobar el examen de madurez. Hasta mañana, Ofelia.

–Ánimo. Que te cunda.

De vuelta en casa de mi abuela, me senté en el sofá del salón y repasé las fotos lentamente, una vez más. El asunto de los frascos numerados parecía resuelto, aunque eso no aclaraba el misterio que escondían.

Entonces, pasaron por mis manos las fotos del manzano y de las manzanas.

El árbol era realmente siniestro, tanto en la realidad como en fotografía. Si yo fuera una botánica famosa y tuviera que bautizarlo, no lo dudaría ni un momento: el manzano diabólico. O, mejor aún, el manzano de Nosferatu. Era sobrecogedor y misterioso; retorcido, feo... De hecho, cuanto más lo miraba, más aterrador me parecía. Y en cuanto a las manzanas, por el contrario, mostraban un aspecto sospechosamente lozano. Eran grandísimas, mayores que un melocotón de Calanda, de un color amarillo rosáceo semejante al de la variedad verde doncella, pero con una forma inusual, diferente a las otras; de alguna manera, me recordaban a un corazón abandonado.

CUPIDO

Al día siguiente, por la mañana, mi abuela parecía haber mejorado. Insistió en levantarse a desayunar en la cocina, conmigo, en lugar de hacerlo en la cama. Tuvimos una conversación en la que Ramiro volvió a salir a colación.

–A mí me gusta a rabiar, abuela, pero empiezo a pensar que no tengo posibilidades.

–No creo que sea pasión de abuela si te digo que, ahora que has recuperado la color y algunos kilos, eres una chica preciosa. Si a pesar de tus esfuerzos Ramiro no ha caído rendido a tus encantos, es que hay otra fuerza más poderosa que tira de él.

–Seguramente, esa fuerza se llama Lola y vive en Calatayud.

–Es lo más probable.

–¿Y qué crees que debería hacer? ¿Luchar o abandonar?

–Hay una tercera opción: esperar.

–Esperar... ¿a ver si él se cansa de ella?

–O a ver si tú te cansas de él.

–No entiendo, abuela. ¿Cansarme de Ramiro?

–Ahora te sientes deslumbrada; acabas de recibir un flechazo de Cupido en todo el corazón; ocurre a veces. Pero si tienes un poco de paciencia, a lo mejor descubres que tan solo es un tipo guapo; y el mundo, te lo garantizo, está lleno de tipos guapos esperando a chicas como tú.

–¿Y si descubro que no solo es un tipo guapo sino algo más?

–Bueno…, entonces, volvemos a la casilla anterior.

VAINA

Tras la conversación con mi abuela, que se prolongó bastante más, estaba terminando de vestirme para salir a hacer la compra diaria cuando me llegaron con creciente nitidez una serie de extraños mensajes megafónicos.

¡Semillas infalibleees!
¡Semillas blindadaaas!
¡Semillas garantizadaaas!

Me asomé a la ventana. Surgían de los altavoces situados sobre el techo de una furgoneta DKW pintada en tonos verdes y anaranjados, que se acercaba desde el fondo de la calle...

¡Semillas indestructibleees!
¡Semillas imperturbableees!
¡Semillas incuestionableees!

... y que, tras pasar bajo nuestra casa, continuó adelante. Se trataba sin duda del vendedor de semillas y plantones del que me había hablado mi abuela durante mis primeros días en Congedo y con el que yo todavía no había coincidido.

La bombillita sobre mi cabeza, aunque más tenue que en otras ocasiones, se encendió de nuevo.

Me eché a la calle y caminé hacia la plaza del Foro. Me sorprendió el enorme poder de convocatoria que el hombre de la DKW ejercía sobre los vecinos de Congedo. Durante largo rato, estuve observándolo, admirando su habilidad para vender sus productos y, sobre todo, asombrada por el hecho de que personas de toda edad y condición, entre ellas algunas que sin duda habían dedicado toda su vida a las tareas del campo, le pedían consejo sobre los asuntos agrícolas más variados y celebraban sus opiniones con alborozo.

Fui a la panadería y regresé de nuevo a mi puesto de observación, junto a la fuente de los nueve chorros.

Por fin, más de una hora después, cuando la plaza se despejó y el hombre quedó ordenando su mercancía sobrante, me acerqué a él con mi barra de pan debajo del brazo.

Era un tipo grande, de cabeza grande y grandes manos. Vestía un impecable traje gris con corbata verde hierba y se peinaba el pelo negrísimo hacia atrás, con fijador.

—Buenos días, señor. Me llamo Ofelia Gascón.

El hombre de las semillas se volvió hacia mí y me dedicó una amplia y comercial sonrisa.

—Vaina. Antón Vaina, de Semillas Vaina, sociedad limitada unipersonal. Más que un representante de productos agrícolas, un amigo —recitó, mientras yo le estrechaba la mano que me había tendido, grande como una pala.

—Llevo rato observándolo y estoy impresionada —dije—. De todas las personas que he conocido en mi vida, yo diría que es usted la que más conocimientos acumula sobre el reino vegetal.

—Es muy posible, jovencita —admitió Vaina complacido.

—El caso es que tengo un problema y quizá usted pueda ayudarme.

–Lo intentaré, si me lo explicas. ¿De qué se trata? ¿Alguna plaga incontrolable? ¿Parásitos? ¿Hongos? ¿Malas hierbas? ¿Falta de vigor vegetal?

Saqué del bolsillo las fotos del manzano de Emilka y se las mostré.

–Me gustaría identificar este árbol.

Antón Vaina tomó las fotografías y observó cada una de ellas durante unos segundos. Me miró con cara de pocos amigos antes de devolvérmelas.

–Esos frutos se llaman manzanas –dijo en tono muy seco– y el árbol que las produce recibe el nombre de manzano. Por ser la primera vez, no te cobraré la consulta. ¿Contenta?

–Pero... ¿qué clase de manzano...?

–Lárgate. No estoy para bromas.

–¿Bromas?

–¡Que te largues, he dicho!

Un tanto sorprendida, me di la vuelta y eché a andar. Cuando casi había cruzado la plaza, lancé una mirada de reojo. Vaina no había seguido recogiendo sus cosas, sino que, de espaldas a mí, se mantenía cabizbajo y con los brazos en jarras.

Seguí andando. A punto de llegar a la esquina con la calle César Augusto, oí de nuevo su voz.

–¡Eh, chica! –Continué, como si nada. Tuvo que gritar–. ¡Ofelia Gascón, espera!

Entonces, sí me detuve y me volví hacia él. Antón Vaina me hizo una seña para que me acercase. Estuve tentada de mandarlo a la porra, pero me pudo la curiosidad, así que me acerqué, sin prisa.

–Muéstrame de nuevo esas fotos –dijo él–. Por favor.

Se las di y volvió a examinarlas con atención filatélica, incluso poniéndolas al trasluz.

–¿No son un montaje? La verdad, no parecen trucadas ni amañadas.

–Claro que no.

–¿De dónde las has sacado?

–Las tomé el pasado lunes.

–¿Cerca de aquí?

–Sí.

–¿Es un manzano solitario, sin otros árboles a su alrededor?

–Así es.

–¿Qué tamaño tienen las manzanas? En la foto es difícil apreciarlo.

Coloqué las manos una frente a otra, para definir un espacio similar al de un balón de balonmano.

–La más grande será así, más o menos.

Vaina asintió en silencio.

–Ya en esta época, ¿eh?

–¿Qué quiere decir?

–Mira, hace mucho que vengo por Congedo de cuando en cuando. En los últimos años, cada vez más gente me explica que sus campos, sus huertos, sus frutales o sus jardines se están apagando. Se secan, se agostan, se vuelven improductivos... He tratado de ayudarles con todos mis conocimientos, recomendándoles los mejores tratamientos y los abonos más eficaces... sin conseguir apenas resultados. Y ahora, me vienes tú... con esto.

–Siga, porque aún no entiendo nada.

Alzó Vaina la foto del árbol ante mí.

–Si no fuera porque es casi imposible, te diría que se trata de un manzano de Bourroms.

–¿Por qué dice que es casi imposible?

–Para empezar, no creo que, en los últimos cien años, nadie haya visto ni documentado un manzano de Bourroms. Yo lo conozco solo por dibujos antiguos. De hecho, la mayor parte de los botánicos creen que se trata de un cuento chino. O polinesio, más bien. Allá por el siglo dieciocho, un naturalista francés llamado Louis Bourroms, en uno de sus viajes por las antípodas, describió un manzano cuyas raíces se extendían a una velocidad desmesurada, chupando la energía vital de todo cuanto tenían a su alcance. Como consecuencia, producía unas manzanas gordísimas y altamente energéticas, con propiedades asombrosas. Según parece, Bourroms, en lugar de compartir su descubrimiento con la comunidad científica internacional, decidió ofrecérselo en exclusiva al rey de Francia, convencido de que así obtendría muchos más beneficios. Sin embargo, al poco tiempo, llegó la Revolución Francesa y se los llevó a los dos por delante. Y del manzano de Bourroms, nunca más se supo. Bueno, al menos esa es la historia que me contaron.

MAYMON

Al regresar a casa, mi abuela había empeorado.

Llamé al doctor Bálsamo, que se personó a media tarde y comprobó que le habían subido la fiebre y la tensión arterial.

–Además, ha tenido ya un par de crisis respiratorias que apenas mejoraban con el oxígeno –le comenté.

Él asintió y le tomó la mano entre las suyas, un buen rato, en silencio.

Luego, extendió una receta para que me la preparasen en la botica.

–Inhalaciones de este preparado, al menos seis veces al día –me dijo, entregándome el papel–. Pasaré a verla el próximo lunes, pero estaré pendiente del teléfono, por si acaso. Si para entonces no ha mejorado, habrá que ingresarla.

Durante los dos siguientes días, me dediqué principalmente a cuidar de mi abuela. Solo como una forma de no obsesionarme con el incierto destino al que sin duda se enfrentaba, también dediqué algún tiempo a meditar sobre los misterios que se cernían en torno a Emil K. Turbolev.

Ese viernes, cercana la hora de la cena, aprovechando que la nueva medicación parecía hacerle efecto y se había quedado dormida, me dirigí a la biblioteca de la buhardilla.

En un rincón, olvidada por el mundo, dormitaba una enciclopedia enorme, de nada menos que cuarenta y ocho tomos: la famosa enciclopedia Maymon, de la que recordaba su nada original eslogan: «Todo el saber universal al alcance de su mano», que se recitaba una y otra vez en la publicidad radiofónica cuando yo tendría unos siete u ocho años. La Maymon seguramente llevara allí, sin apenas uso, desde antes de que yo naciera. Podía imaginar a un viajante de comercio convenciendo a mi abuela, o quizá al abuelo Matías, de la conveniencia de adquirir todo el saber universal en cómodos plazos mensuales.

Busqué el primero de los dos tomos dedicados a la letra M. Lo saqué de su lugar y le soplé el polvo. Cuando lo abrí, el lomo crujió como pan recién hecho.

Busqué la palabra «manzana».

La entrada era francamente extensa.

Tras una larga y descriptiva definición, aparecían las locuciones relacionadas, empezando por «Manzana de Adán» y terminando por «Sano como una manzana». Entre esas dos, un sinnúmero de variedades, acepciones y frases hechas, incluida alguna importada del inglés: «Una manzana al día, mantiene lejos al médico».

Las fui recorriendo todas con la mirada, tanto las que conocía, variedades como reineta o meladucha o la expresión «manzana de la discordia», como las que apenas me sonaban o, directamente, me resultaban desconocidas, como era el caso de la variedad asperiega, que, por lo visto, es la que se emplea para hacer sidra.

Y sí, entre todas ellas apareció también «Manzana de Bourroms: variedad legendaria así llamada en honor a su descubridor, el botánico francés Louis A. Bourroms».

«Legendaria», decía la enciclopedia Maymon. Manzana legendaria. Ostras. Encajaba a la perfección con la información que me había proporcionado Vaina.

Comprobé entonces que el apellido del botánico francés tenía delante una flechita, lo que indicaba que disponía de su propia entrada en la enciclopedia. *Ipso facto*, dejé en su lugar el tomo que estaba consultando y fui en busca de los primeros volúmenes. Tras un nuevo soplido al polvo de décadas y nuevos crujidos de libro jamás abierto, alcancé mi destino. Ahí lo tenía.

BOURROMS DE LA PONT-TOURNANT, LOUIS ANTOINE. *Bot.* Botánico francés del s. xviii, n. en Nimes en 1717 y m. en París en 1819. Dedicó buena parte de su vida a describir y estudiar la flora de ciertas posesiones de ultramar del Imperio francés. Pasó largos períodos en la isla de Bourbon (actualmente, Reunión) y en la isla de Francia (actualmente, Mauricio). La fama de Bourroms estriba en haber descrito una variedad de manzana de extraordinario poder alimenticio y enormes beneficios para la salud, cuyo consumo y cultivo habría ofrecido en exclusiva al rey Luis XVI para tratar de ganarse su favor, prometiéndole al monarca larga vida y salud de hierro. Sin embargo, parece claro que los beneficios de la manzana de Bourroms, de haber existido, no llegaban al extremo de contrarrestar la eficacia de la guillotina. Condenado también a muerte, Bourroms logró escapar de su destino disfrazado de jardinero para llevar desde entonces una vida anónima. A la muerte de Bourroms, la leyenda de su manzano cobró impulso gracias a la extraordinaria longevidad del botánico, que falleció a los 102 años de edad y no por muerte natural, sino a causa de las heridas sufridas en el asalto a su casa por parte de unos desconocidos, que quizá irían en busca de esquejes o semillas de este frutal legendario. La inmensa mayoría de los botánicos serios consideran la existencia de esta variedad de manzana como un mero cuento para niños. Eso sí, ha dado pie a la famosa locución francesa «ser más improbable/discutible que la manzana de Bourroms».

Las verdaderas leyendas, como los tópicos, no surgen de la nada. Puede que no se correspondan con la realidad, pero tienen siempre una razón de ser, un sitio en el todo que los seres humanos nos hemos construido. Han surgido de algo y por algo. Y, lo que resulta más divertido: en ocasiones, una leyenda pasa a mejor vida cuando alguien descubre que lo que en ella se contaba, simplemente, era cierto.

Contemplé de nuevo la foto del espantoso árbol de Emilka. La pregunta era evidente. ¿Realmente podía tratarse del único ejemplar conocido de manzano de Bourroms, ese árbol legendario de cuya existencia dudaban Antón Vaina, los botánicos del mundo entero e, incluso, la *Enciclopedia Universal Maymon*?

Resultaba tentador elaborar una teoría con los elementos que tenía hasta ahora: un manzano legendario capaz de chupar la esencia vital de cuanto lo rodeaba, un valle cada vez más seco, gris e improductivo, unos frascos de compota hecha con la pulpa de sus extraordinarios frutos. Un deportista prodigioso que, además, mantiene un aspecto muchísimo más juvenil del que correspondería a su edad.

¿A que era la mar de fácil idear una teoría en la que encajasen todas estas circunstancias?

Por supuesto, estaba segura de que habría otras explicaciones, pero la de que Emilka tenía en su jardín un manzano de Bourroms, cuyas manzanas, ingeridas a diario en forma de compota, le proporcionaban vigor a raudales y una anacrónica juventud, tenía todos los ingredientes del éxito. Una buena teoría no solo ha de ser cierta y permitir explicaciones convincentes, también ha de ser elegante. Aquella lo era.

La noche siguiente fue la peor de las que había pasado en Congedo desde mi llegada. Mi abuela ardía de fiebre, tosía sin parar y deliraba. Yo no pude pegar ojo, llevándole agua, dándole su jarabe, sus inhalaciones, oxígeno, tomándole la temperatura con la esperanza de que al menos bajase unas décimas.

Al amanecer, exhaustas las dos, se quedó dormida, con lo que yo también pude descansar unas horas. Antes de dejarme vencer por el sueño, ya con la luz del día lavándome el entendimiento tras aquella noche berlinesa, probé a relatarme de nuevo mi propia teoría sobre Emilka. Con cierta perplejidad, comprobé que me seguía pareciendo brillante y plausible.

La abuela y yo despertamos a la hora del aperitivo. Ella se encontraba mejor y yo pude preparar la comida con tranquilidad: unas albóndigas ligeras de pollo con verduras, en salsa de almendras.

Entonces caí en la cuenta de que era sábado y esa tarde Ramiro estaría en el pueblo desde primera hora. Necesitaba conocer su opinión sobre mis averiguaciones.

ETERNAMENTE JOVEN

–¡Caray...! Suena a novela de Oscar Wilde –me dijo, tras exponerle mi teoría–. O a película de Fu Manchú.

–Puedes reírte cuanto quieras. Yo estoy convencida de que el secreto de la aparente juventud de Emilka está en las manzanas.

–Las manzanas de Bourroms... Sinceramente, suena ridículo.

–En España, casi todo lo francés nos suena ridículo. Yo creo que es por la envidia.

Ramiro carraspeó.

—Así que, según tú, comer la compota hecha con esas manzanas es lo que mantiene joven a Emilka.

—Así es. Creo que cada año, Emilka fabrica la compota y la envasa en los frasquitos de cristal que vimos en su casa. ¡Y se come uno cada día!

—¡Compota para todo un año! Y solo vimos cinco manzanas en ese árbol. Si llena con ellas trescientos sesenta y cinco frascos..., cada una de esas manzanas tiene que acabar siendo tremenda. ¡Como pelotas de playa, por lo menos!

—No tanto. Creo que en cada frasquito caben unos ochenta gramos de compota. Necesitaría treinta y cinco o cuarenta kilos de fruta. Eso son siete u ocho kilos por manzana —dije—. Como una sandía de tamaño medio.

Ramiro se mostró dubitativo.

—Bueno..., dicho así, tiene cierto sentido —admitió al fin—. No sé si tendrás razón, pero suena posible.

—Pues hay más —añadí, sin perder un instante—. Creo que el manzano de Bourroms es el culpable de la maldición que asola Congedo y está en el origen del círculo de sequedad. Vania me dijo que sus raíces crecían muy rápidamente y chupaban la vitalidad de todo lo que pillaban en su camino.

—¿Estás diciendo que las raíces del manzano de Emilka se extienden bajo tierra incluso a kilómetros de distancia de su casa?

—Exacto.

—¡Eso sería un manzano vampiro! —exclamó Ramiro burlonamente—. Podríamos escribir una novela con eso.

—Pues yo creo que todas las piezas encajan: sabemos que Emilka ha cambiado de residencia en muchas ocasiones. Quizá en cada lugar en el que vive planta un manzano de

Bourroms y permanece allí hasta que el árbol ha chupado la vitalidad del territorio que lo rodea. Cuando un lugar ya no da más de sí, se marcha a otra parte. Por eso participaba en cada olimpiada con un país diferente.

–O sea –dijo Ramiro– que Emilka lleva comiendo esa compota toda su vida. No solo sería la razón de su eterna juventud, sino también de sus éxitos deportivos. ¡Qué tramposo!

Nos miramos. La cara de Ramiro había pasado en unos minutos del escepticismo al entusiasmo.

–Vale. Tenemos una buena teoría. Me gusta. ¿Qué hacemos ahora con ella?

–Yo creo que lo más lógico sería dar cuenta de ello a la autoridad.

–O sea..., a Porras.

PORRAS

Martín Porras Porras llevaba en el pueblo, como jefe de puesto de la Benemérita, desde tiempo inmemorial. Algunos aseguraban que, nada más nacer, su madre le había cosido unos galoncitos de sargento en los pañales.

Esa misma tarde, cuando acudimos al cuartelillo de la Guardia Civil, encontramos a Porras leyendo el *Marca*, con los pies encima de la mesa y fumando un Farias.

–A la orden, mi sargento –dijo el guardia Quintanilla, que nos había acompañado desde la barrera, mientras abría la puerta del despacho.

–¿Qué porras pasa, Quintanilla?

–Aquí tengo a dos ciudadanos que quieren presentar una denuncia.

–¿Un sábado por la tarde? ¡Bueno...! ¡Esto ya es la porra en verso! Anda, anda, diles que pasen.

Con un empujón, Ramiro me convenció para abrir la comitiva.

–Buenas tardes, sargento.

–¡Pero si es Ramiro Aguinagalde Periel, acompañado de Ofelia Gascón, nieta de Maravillas Gómez! ¡El dúo de la porra! ¿Qué ocurre? ¿Os han robado las bicicletas? ¡Jia, jia...!

–No, sargento. Se trata de algo mucho más grave. Tiene que ver con el señor Emilka.

–¿Quién?

–El polaco que compró la casa de don Próspero.

El suboficial parpadeó a causa del humo de su Farias.

–Ah. Sí, ya sé. Pero solo es polaco de nacimiento; si no recuerdo mal, ostenta nacionalidad dinamarquesa.

–Danesa.

–Esa.

Porras nos dedicó una de sus famosas miradas carboníferas, de las que tan orgulloso se sentía. Luego, tras un silencio, chasqueó la lengua, bajó los pies de la mesa y nos indicó que nos sentásemos. Como solo había una silla, Ramiro se quedó de pie. Y yo asumí la voz cantante.

–Verá, sargento. Justo desde que Emilka llegó a Congedo, empezó a extenderse por el valle un círculo de sequedad...

Porras alzó la mano, con gesto imperioso.

–¿Un círculo de qué?

–De sequedad. Los campos no producen, los huertos se

agostan, los árboles se secan... Supongo que habrá oído hablar de ello.

—Pues no, señorita. Yo me dedico a combatir el crimen, no a cultivar lechugas. No tengo ni idea de lo que me habla.

—El círculo va creciendo año tras año. Y hemos descubierto que tiene su epicentro en la casa de Emilka.

—¡Anda la porra! ¡Epicentro! ¿Es que no puedes decir «centro», como todo el mundo?

—Yo también se lo digo a veces, sargento.

—Cállate la boca —le rogué a Ramiro por lo bajo.

—Discúlpeme, señorita Gascón —continuó el benemérito— pero sus explicaciones son más confusas que la porra. ¿No me podría hacer un resumen? Una cosa rápida, que yo pueda redactar en un informe de media cuartilla.

Tragué saliva, carraspeé y dije, de un tirón:

—Creemos que el señor Emilka tiene plantado en su jardín un manzano de Bourroms, un árbol legendario que está chupando la esencia vital de todas las plantas de la comarca y cuyas raíces se van extendiendo cada vez más y más. Con las enormes manzanas de ese árbol, fabrica una compota que come a diario y que le permite mantenerse eternamente joven.

Porras alzó muchísimo las cejas mientras daba una lenta calada a su cigarro sin dejar de mirarme.

—Pero Emilka no se mantiene joven. Es un señor mayor.

—Es mucho mayor de lo que parece. No representa la edad que tiene.

—¡Anda la porra! Ni yo tampoco. Aquí donde me veis, ya he cumplido los cuarenta y cuatro. ¿A que nadie lo diría?

En efecto, nadie le habría echado al sargento menos de sesenta.

—Eso es porque todas las mañanas me ducho con agua fría y hago una tabla de gimnasia sueca –afirmó Porras orgulloso, tras lo cual dio una larga calada a su cigarro y rompió a toser como un tísico durante medio minuto.

—Pero es que Emilka... ¡tiene casi ochenta años! –afirmé, un poco dramáticamente, cuando Porras recuperó el aliento.

—Setenta y nueve, con exactitud –me corrigió el suboficial de la Benemérita, secándose las lágrimas con la bocamanga, superado el ataque de tos–. Sin embargo, estarás de acuerdo conmigo en que conservarse en buena forma no es ningún delito.

—Ya. Bueno..., pero..., pero... es que, además, es un embustero. ¡No se llama Emilka!

Porras suspiró largamente.

—¡Menuda noticia! Pues claro que no se llama Emilka. Se llama Emil Konstantin Turbolev Block.

Ramiro y yo nos miramos con disimulo.

—¡Anda...! –exclamé–. De modo que usted ya lo sabía.

—Es mi obligación –sonrió Porras–. Cuando vino a empadronarse a Congedo, hace seis años, presentó documentación en regla y nunca ha ocultado su identidad. Que los habitantes de este pueblo lo llamen «señor Emilka» porque son un pelotón de analfabetos no es culpa suya. Sinceramente, no veo motivos para presentar denuncia alguna.

—¿Y lo del coche? –saltó entonces Ramiro–. ¡Tiene un Alfa Romeo y nunca lo utiliza! ¿Le parece poco delito?

—¡Vaya! ¿Y de dónde habéis sacado esa información, si puede saberse?

Ramiro había metido la pata. Tuve que salir al rescate.

—Nos lo ha contado Espallargas, el cartero. Es la única persona del pueblo que entra en la casa de Emilka.

—¡Ese condenado cotilla...! —gruñó el benemérito, haciendo óvalos de humo–. Pero es cierto: Emil K. Turbolev posee un flamante Alfa Romeo. Y, además, un Volvo gris metalizado. Y aunque, en efecto, nunca los usa, paga religiosamente cada año el impuesto municipal de circulación. ¡Ah, qué gran contribuyente! De él podría tomar ejemplo tu padre, Aguinagalde, que siempre paga con retraso la licencia del taxi.

—¡Emilka está dejando secos los campos y los árboles de toda la comarca! ¡Tiene usted que hacer algo, sargento!

—¿Sí? ¿Y qué quieres que haga? ¿Llamo a la Legión para que asalten la casa de Emilka y echen abajo su manzano?

—Eso estaría bien —me atreví a decir.

—¡Pues no lo voy a hacer! ¡Si es un manzano tan especial, seguro que se trata de una especie protegida y me como un marrón! ¡Fin de la entrevista! ¡Quintanillaaa...!

El guardia apareció segundos después bajo el quicio de la puerta.

—¡A la orden, mi sargento!

—Anda, llévate a estos dos insurrectos de la porra fuera de mi vista, antes de que los meta en el calabozo por intento de pitorreo a la autoridad.

—¡A la orden, mi sargento!

—Y cuando hables conmigo, te cuadras. ¿Cuántas veces te lo tengo que decir, Quintanilla? ¡Te cuadras como una porra!

—¡Sí, mi sargento!

* * *

Estaba oscureciendo cuando Ramiro y yo nos vimos delante del cuartelillo, tras haber sido invitados por Quintanilla a largarnos con viento fresco.

–Lo sabía –dijo él–. Sabía que no podemos esperar ayuda de los adultos. Ellos van a su aire. A lo suyo. Siempre ha sido así, desde que el mundo es mundo.

Yo me limité a patear una piedrecilla que había en el suelo y que fue rodando y rebotando hasta estrellarse en la garita que ocupaba Quintanilla, quien salió, máuser en mano, dando las voces reglamentarias.

–¡Alto a la Guardia Civil!

–¡Tranquilo! ¡Ya nos vamos!

–¡A paso ligero! ¡Vamos! ¡Un, o, ep, aro...!

Cuando nos detuvimos, jadeantes, junto a las tapias del balneario, tuve que darle la razón.

–Lo que haya que hacer tendremos que hacerlo por nosotros mismos.

No quise decirlo en voz alta, pero, al momento, me invadió un pensamiento terriblemente negativo.

En realidad... ¿qué podíamos hacer nosotros, dos simpáticos pero anodinos adolescentes, contra alguien como Emilka, infatigable corredor subterráneo, doce veces campeón olímpico, descubridor de la compota de la eterna juventud, miembro del Comité Olímpico Internacional y, para colmo, nacido en Silesia y nacionalizado danés?

Nada en absoluto.

CONVERSACIÓN

Aquella noche, después de cenar, la abuela Maravillas intentó sonreír sin mucho éxito y luego me contó en un susurro apenas audible una historia de su juventud de la que no entendí gran cosa. Algo sobre un novio que tuvo antes de conocer al abuelo Matías, al que mandaron a combatir en no sé qué guerra de la que regresó metido en un ataúd. Pero me lo contó no como si fuera un drama propio sino como si fuera una tragicomedia ajena.

Con todo, estaba tranquila. Atravesaba uno de esos períodos de placidez en los que se sumergía de cuando en cuando y que eran como olitas mediterráneas en medio de la tempestad cantábrica en que se había convertido su vida últimamente.

Se durmió pronto y aproveché para llamar a mi casa. Hacía tiempo que no hablaba con mi madre y pensé que quizá podía pedirle consejo. Me podía haber ahorrado la conferencia, la verdad.

–¡Hola, Ofelia, hija! ¿Qué tal estás? ¿Cómo sigue tu abuela?

–A días, mamá. Mejora y empeora, sin que sepamos a qué atenernos.

–Hay que ver la suerte que ha tenido de que estuvieses con ella, tú que ya has pasado la enfermedad.

–Lo más probable es que yo la haya contagiado, así que no sé qué suerte es esa.

–Hazme el favor de no sentirte culpable, porque nadie puede demostrar que la enfermedad la hayas llevado tú. A ver, ¿alguien más del pueblo se ha contagiado?

–Parece que no.

–¿Lo ves? Tú cuídala. Pero te prohíbo, como tu madre que soy, que tengas el menor remordimiento. Ni aunque se muera.

–¡Mamá...! ¿Cómo puedes decir esas cosas?

–Papá te manda recuerdos.

–Ya. ¿Qué hace? Trabajando, supongo...

–Pues sí.

–¿A estas horas?

–A todas horas, hija, a todas horas. Viene poco por casa. ¿Sabes que tus hermanos han aprobado el curso?

Sin entrar en detalles, mis dos hermanos menores eran dos zoquetes gemelos que no habían aprobado un curso completo desde que estudiaban tercero elemental. Eran malos incluso jugando al fútbol.

–¡Caramba...! Para una vez que se esfuerzan, no estoy yo allí para verlo.

–Sí. Bueno, en realidad, han dado un aprobado general. Como han tenido que suspender los exámenes finales por culpa de la epidemia...

–Ya decía yo... Así que todo el mundo ha aprobado menos yo, que tendré que repetir curso. ¡Hay que fastidiarse!

–No seas malhablada, hija, que pareces a tu abuela.

–Las palabrotas también están en el diccionario, mamá. Para usarlas cuando llega la ocasión idónea.

–Para ser usadas por guardafrenos y peones camineros, no por una chica como tú. Lo de tu abuela es que no tiene nombre.

No tenía ganas de discutir, así que contesté con un simple carraspeo.

–Oye, Ofelia, de verdad que me gustaría ir a Congedo para echarte una mano...

–¡No, ni hablar! No se te ocurra venir por aquí. A ver si tú también te vas a contagiar y tengo que cargar con dos muertes sobre mi conciencia.

–No, si digo que me gustaría, pero no pienso ir de ninguna manera. ¡Qué miedo, hija! Me alegra mucho que lo entiendas. Ya verás cómo esta experiencia te hace madurar y te convierte en mejor persona.

–¿Estás diciendo que soy mala persona?

–¡Claro que no, Ofelia, qué cosas tienes! Pero siempre se puede mejorar, no lo olvides.

–También tú podrías intentar llevarte mejor con la abuela.

–Ay, hija, es que las generaciones consecutivas siempre lo tenemos más difícil. No sé, debe de ser cosa de los celos. La envidia. El rencor. Algo así. Y por eso me llevo mal con la abuela y solo regular contigo. En cambio, parece que la abuela y tú os lleváis de cine, ¿no es así? Por eso creo que nadie mejor que tú para cuidarla en esta situación. Casi diría que nadie mejor que tú para soportarla.

–Seguro que también podría llevarme bien contigo, si las dos pusiésemos un poco de nuestra parte.

–No te oigo bien, hija. ¿Qué pasa? ¿Estás en una cabina?

–No, mamá. Estoy llamando desde casa de la abuela.

–Pues es como si estuviese a punto de cortarse la comunicación. ¡Adiós, Ofelia, adiós! ¡Llama cuando puedas!

–¡Adiós, mamá!

–¿Ofelia?

–¿Mamá?

Y me colgó.

Me colgó el teléfono y, al hacerlo, fue como si me volcase sobre la cabeza un cubo lleno de realidad. Porque cuando eres una inexperta y estúpida adolescente piensas cosas estúpidas e improbables como que tus padres siempre van a estar ahí para echarte una mano. Para darte buenos consejos, al menos. Y, sin embargo, cuando menos lo esperas, te dejan colgado. O te cuelgan.

Clic.

El domingo fue un día irrelevante. Espallargas anunció la proyección de *El puente sobre el río Kwai,* que a Ramiro le encantaba. Incluso sabía silbar la canción de memoria. A mí no me gustan las de guerra, pero le prometí que acudiría si mi abuela se encontraba en condiciones de quedarse sola. No fue así. Después de comer empezó a sentirse peor y tuve que permanecer a su lado, tratando de bajar la fiebre a base de paños fríos.

FUERA DE RANGO

Al día siguiente, lunes, a media mañana, llegó el doctor Bálsamo. Llevaba puesta una mascarilla, pero, aun así, noté en su mirada que se inquietaba al verme.

–Hola, Ofelia.

–Doctor...

–Tienes mal aspecto. No has descansado mucho esta noche –dedujo.

Y, sin más, se dirigió al dormitorio de mi abuela.

Yo me quedé bajo el quicio de la puerta, aunque no atendí en absoluto a las maniobras y exploraciones del doctor. Estuve mirando pero sin ver. Pensando en lo peor.

Cuando el doctor Bálsamo la tapó de nuevo con las sábanas, se volvió hacia mí con un velo en la mirada.

–Tenemos que ingresarla –dijo–. ¿Dónde tienes el teléfono? Voy a pedir una ambulancia para trasladarla a Zaragoza hoy mismo.

Se lo indiqué por gestos, sin hablar, porque la garganta se me quedó de plomo, incapaz de articular palabra.

Luego, mientras don Jesús hacía la llamada, me acerqué a mi abuela. Tenía la piel de un amarillo ceniciento que no presagiaba nada bueno.

–¿Cuánto hace que no visitas Zaragoza, abuela? –Ella hinchó los carrillos para componer un «¡buf...!»–. Pues, mira, parece que te van a llevar allí de vacaciones.

Me tuve que acercar mucho para entender su respuesta.

–Preferiría morirme aquí, en mi casa. Si es posible.

–¡Vamos, abuela, no digas tonterías! Zaragoza es un lugar mucho más chulo para morirse que Congedo. ¡Dónde va a parar!

Eso la hizo sonreír. Y con un puñadito de las pocas fuerzas que mantenía, me golpeó un par de veces en el antebrazo.

Me alegraba comprobar que, poco a poco, iba compartiendo con ella su extraño sentido del humor.

Pensaba añadir algunas banalidades, pero preferí guardar silencio y así quedó de telón de fondo la conversación que mantenía por teléfono el doctor Bálsamo. Me pareció que colgaba el auricular con violencia y volvía a marcar. En cierto momento, elevó el tono de voz, aunque no logré entender sus palabras.

Finalmente, tras un rato largo, apareció en la puerta y me hizo un gesto para que me acercara. Fuimos a la cocina y me habló allí. No sé si de manera imprudente, se quitó la mascarilla. Creo que lo hizo para que yo pudiera comprenderlo a pesar de que me habló muy bajito.

—No va a poder ser, Ofelia.

Sacudí la cabeza, sin entender.

—¿El qué?

—La situación de la epidemia es muy complicada en Zaragoza. Ha empeorado mucho en las semanas que llevas en Congedo. No hay camas libres en la Casa Grande[4] ni en el Hospital Provincial. Están desbordados. No podemos ingresar a tu abuela.

—¿Cómo? Pero... la pondrán en una lista de espera para...

—No.

—¿No?

—Tu abuela es... demasiado mayor. Las probabilidades de que salga adelante son pequeñas. Mucho menores que las de una persona joven. En esta situación, hay que aprovechar los recursos de la mejor manera posible. Te juro que lo he intentado, he llamado a un par de amigos que trabajan en los hospitales, pero no hay nada que se pueda hacer. Las órdenes son tajantes: las camas disponibles son para quienes tengan posibilidades de curación... y más años de vida por delante.

Me sentí desfallecer. Esto era algo con lo que no contaba. De repente, me sentí cansadísima.

—O sea, que a mi abuela le toca morirse.

—¡No, Ofelia! Nada de eso. Sencillamente, le toca pasar la enfermedad en casa. Entre tú y yo lo conseguiremos. Vamos

4. Casa Grande: Así era conocido popularmente el Hospital José Antonio, hoy Hospital Miguel Servet, de Zaragoza.

a probar con todo: antiinflamatorios, cortisona, sulfamidas... Daremos con la mejor combinación, que no te quepa duda. Contamos con don Nicomedes, que es un farmacéutico muy competente y muy bien relacionado. No habrá problema en conseguir los mejores medicamentos disponibles.

Yo sabía que todo aquel entusiasmo era fingido; así que, a mi vez, fingí contagiarme del mismo y sonreí.

–¿Será largo?

Don Jesús tragó saliva.

–Será largo y duro, pero lo conseguiremos. Eso sí, necesitarás ayuda. Ayuda profesional, me refiero. ¿Podéis pagar a una enfermera que te eche una mano?

Era una pregunta para la que no tenía respuesta.

–No lo sé, doctor. No sé de dónde saca mi abuela el dinero, si cobra una pensión o rentas... No sé. Creo que tiene una libreta de la Caja de Ahorros en el cajón de la cómoda. Espere...

La última anotación en la libreta era del mes pasado. Vimos que cobraba una pequeña pensión y el saldo se mantenía estable en una cantidad digna, pero no suficiente para contratar a alguien que me ayudase a cuidar de ella.

El doctor Bálsamo frunció el ceño y los labios a un tiempo. Luego, se anudó de nuevo la mascarilla.

–Voy a hacer unas gestiones. Trataré de conseguir una tienda de oxígeno portátil, que es más cómoda que la bombona. Yo me encargo de pasar por la farmacia. Tú procura que esté tranquila y que coma lo mejor posible: caldo de gallina y esas cosas que dan fuerza, ya sabes. Mañana volveré.

Acompañé al doctor a la salida y, a mi regreso, me senté en una butaca, frente a la cama de la abuela.

Empecé a pensar y, no sé si os habéis dado cuenta, comer, rascar y pensar, todo es empezar. Así que pensé mucho mucho.

Pasada una hora o quizá algo más, me acerqué a mi abuela.

—Me voy a la tienda a comprar gallina para hacer un caldo. No te muevas de aquí.

—Pensaba irme a los toros —bromeó ella en un susurro—, pero ya que insistes, me quedaré.

—Buena chica.

—¿Cuándo me van a llevar al hospital?

Me acuclillé junto a ella.

—No vas a ir, abuela. Querían llevarte a toda costa y en una ambulancia de lujo, además, una Mercedes, pero... les he dicho que odias Zaragoza.

—Buena chica.

CLAUDIA CARDINALE

Cuando regresaba tras hacer la compra, distinguí a lo lejos, esperando ante la puerta de nuestra casa, a una mujer de talla media, cuya silueta espectacular podía percibirse pese a ir vestida de monja enfermera. Sujetaba en la mano izquierda una maleta. Cuando me acerqué y se volvió hacia mí, su rostro afable me recordó de inmediato al de la actriz Claudia Cardinale, con algunos años más.

—¿Ofelia? —preguntó; y yo asentí, muda—. Soy sor Claudia de Túnez. Vengo a cuidar de tu abuela.

—Oh..., pero... No, lo siento, habrá habido algún malentendido. No he pedido ninguna cuidadora, no nos lo podemos permitir...

–Me paga el Ayuntamiento, al menos los primeros días. Si la cosa se prolonga, creo que el alcalde ya está pensando en organizar una colecta entre los vecinos. Y, en el peor de los casos, sor María de Wroclaw, mi abadesa, no me dejará volver al convento mientras tu abuela me necesite. Y, para tu información, no soy una mera cuidadora. Soy enfermera diplomada. Anda, vamos.

Tener en casa a sor Claudia Cardinale supuso para mí tal alivio que, tras preparar la sopa de pollo y verduras que la monja, muy misericordiosamente, calificó de «muy rica», caí en un sopor que me tuvo más de cuatro horas roncando en el sofá del cuarto de estar. Me hacía falta una siesta cardenalicia como aquella.

Cuando desperté, la monja enfermera había desplegado sobre la cama de la abuela una tienda de oxígeno y había dispuesto todo un muestrario de nuevas medicinas cuya administración se reflejaba en un cuadrante realizado sobre un folio, con lápices de colores y sujeto con Cello al espejo de la cómoda.

–Son las instrucciones del doctor Bálsamo –me indicó, levantando la vista de la revista *Telva* que leía–. No te preocupes, yo me encargo.

Y volvió a posar la mirada en el reportaje en que se daba cuenta de la próxima boda de Elvis Presley con una tal Priscilla.

–Las hay con suerte –murmuró.

LOS GUARROS

Como ya sabéis, la madre de Ramiro, doña Julia, era la encargada del balneario Caldarium, y por ello los Aguinagalde vivían allí todo el año, en una zona del balneario habilitada como vivienda, pese a que la temporada no empezaba hasta mediados de junio.

Aunque la reapertura oficial del establecimiento estaba fijada en el día uno de julio, dos o tres semanas antes ya se ponían en marcha las instalaciones para acoger a la selección nacional de campo a través, que desde hacía más de diez años realizaba allí su concentración previa a los campeonatos mundiales de la especialidad. Y todo porque el médico de la selección, el doctor Adalarga, era natural de Congedo. En el pueblo, los atletas de la selección eran conocidos como «los guarros». Desde luego, era un lamentable espectáculo verlos entrenar por las veredas del valle y los senderos de la sierra Filomena en medio de un concierto de eructos, regüeldos y pedos, mientras escupían de continuo y se sonaban los mocos sobre la marcha. Para colmo de males, el entrenamiento implicaba patear sobre los peores barrizales de la comarca, lo que multiplicaba el trabajo de doña Julia, en su afán de mantener a diario en estado de revista las instalaciones del balneario.

–Hola, doña Julia. ¿Ya han llegado los guarros, entonces?

–Anteayer. Es curioso: los atletas van cambiando con los años, pero todos son igual de asquerosos. Tendrías que ver cómo me dejaron ayer la piscina termal. ¡Y, además, comen como limas!

–¿Está Ramiro? Quería comentarle una cosa.

–Está estudiando. Tiene el examen de maduración el próximo jueves. Se lo juega todo a una carta, compréndelo.

–Solo serán unos minutos. Seguro que le vendrá bien desconectar de los libros un ratito, para despejarse.

–Que no y que no, Ofelia, lo siento...

–Déjala, mamá –dijo Ramiro, apareciendo por el pasillo, procedente de su cuarto–. Voy a hacer una pausa para merendar. ¡Ah! Y el examen que voy a hacer se llama prueba de madurez.

–Eso he dicho, ¿no?

La madre de Ramiro me asesinó con la mirada, soltó un bufido y se largó.

–Mi abuela está muy mal –empecé sin rodeos–. No quieren ingresarla en el hospital porque piensan que se va a morir y ocupará una cama que podría aprovechar alguien más joven. Y no me fío de que el doctor Bálsamo acierte con el tratamiento adecuado. Y, aunque acierte, no estoy convencida de que sea suficiente. Así que he pensado... que tengo que actuar.

Ramiro me miró con desconfianza.

–Y... ¿de qué manera has pensado actuar, exactamente?

–La compota de Emilka –dije, sin más.

–¿Qué?

–Según el señor Vaina y la enciclopedia Maymon, las manzanas de Bourroms poseen un enorme poder alimenticio y terapéutico.

–¡Todo eso no es más que una leyenda!

–¡El vigor y los éxitos deportivos de Emilka demuestran que se trata de algo más que una leyenda!

Ramiro alzó las manos. Quizá yo había gritado demasiado.

—No pienso discutir contigo; sé que estás preocupada por la salud de tu abuela, así que vale, supongamos que esa compota sea como las espinacas de Popeye. ¿Cuál sería tu plan?

—Robarle a Emilka sus frascos de compota para dárselos a mi abuela.

Ramiro chasqueó la lengua.

—Tendríamos que haber pensado en ello antes, mientras Emilka estaba de viaje. Cuando entramos en su casa tuvimos esa compota al alcance de la mano. Pero ayer regresó de Lausana y ya no podemos hacer nada. Recuerda que no sale nunca de casa.

—Pues... tendremos que conseguir que lo haga. Espallargas se guardó las llaves que escondía don Próspero en el pozo. Si logramos que Emilka abandone su casa, aunque sea durante media hora, tendremos nuestra oportunidad.

Noté en la mirada de Ramiro que estaba de mi parte.

—¿Ya sabes cómo conseguirlo?

—Todavía no, pero confío en que se me ocurra algo pronto. Sabes que soy buena haciendo planes.

Ramiro lanzó un suspiro que era casi un quejido.

—El jueves tengo la prueba de madurez. A partir del viernes, cuenta conmigo.

—¿El viernes? ¡Pero si falta una semana!

—No. Faltan tres días. Hasta entonces, necesito estudiar y concentrarme, Ofelia. Mientras tanto, prepara un plan de los tuyos y lo llevaremos a cabo el viernes.

—¡Quizá para el viernes mi abuela ya se haya muerto!

—No se morirá.

—¿Cómo lo sabes?

—Porque tú no lo vas a permitir.

Llevaba toda la razón: Ramiro se jugaba muchísimo en ese examen.

Por mi parte, tenía que reconocer que me estaba sujetando a un clavo ardiendo con la punta de los dedos. Que la compota de Emilka pudiera ser la salvación de mi abuela no pasaba de ser una remota posibilidad, una idea casi literaria; pero necesitaba aferrarme a algo y eso era, por el momento, lo mejor que tenía.

A la mañana siguiente esperé hasta que llegó el doctor Bálsamo. Mi abuela no había experimentado cambios importantes en las últimas horas, a pesar de lo cual, sor Claudia y él conversaron durante largo rato sobre la posibilidad de modificar el tratamiento. Finalmente, decidieron esperar.

–¿Seguro que no hay nada más que podamos hacer? –les pregunté.

–Solo confiar en la fortaleza de tu abuela y esperar que la medicación acabe funcionando.

–Entiendo.

Desde luego, a mí no me bastaba con esperar. Y puesto que no podía contar con Ramiro hasta el siguiente viernes, decidí acudir de nuevo a Fermín Espallargas.

Lo encontré en su taller, engrasando meticulosamente su propia bicicleta Orbea, la que utilizaba para llevar el correo a las granjas de los alrededores de Congedo. No dejó de hacerlo mientras yo le explicaba mis disparatadas ideas sobre la compota de Emilka, pero estaba segura de que me prestaba toda su atención. Espallargas tal vez no fuera el tipo más listo del mundo, pero era resuelto y sabía escuchar.

Cuando terminé de hablar, dejó la aceitera en su lugar,

descolgó la bicicleta de los ganchos de trabajo y la paseó por el taller antes de volverse hacia mí.

–Robarle los frascos de compota será difícil y arriesgado, pero existe otra posibilidad, algo más sencilla: robarle alguna de las manzanas del árbol ese tan feo.

Tenía razón. En realidad, hacer compota era seguramente solo una forma de conservar las manzanas para poder consumirlas a lo largo de todo el año; pero una fruta fresca, recién cogida del árbol, podía ser incluso mucho más efectiva para recuperar la salud de mi abuela.

–¡Estoy de acuerdo contigo, Fermín! –afirmé esperanzada–. Tenemos que diseñar un plan.

El cartero sonrió.

–A veces, mejor que un plan es improvisar –dijo, mientras se calaba la gorra de cartero–. Aún tengo que llevarle a Emilka el correo que le llegó durante la semana pasada. Quién sabe. Tal vez se me ocurra algo sobre la marcha.

UN HUEVO

Acompañé a Fermín hasta las proximidades de la casa de la casa de Emilka y me quedé observando desde la esquina.

Ante el portón de la tapia exterior, Fermín tiró del llamador que hacía sonar una campanita. De inmediato, se oyó la respuesta del polaco.

–¡Adelante! ¡Está abierto!

Fermín empujó el portón y entró, dejándolo entornado, lo que me permitió acercarme y atisbar por la abertura.

–Hombre, Espallargas. Pase, pase.

Fermín avanzó, inquieto.

Emilka estaba al fondo, sentado en una tumbona plegable, debajo de la escuálida sombra de su manzano. Al acercarse, el cartero pudo comprobar que se había vestido como un explorador, con ropa amplia de color arena, botas de media caña, gafas de sol, pañuelo al cuello y un sombrero de ala muy ancha, como el de Allan Quatermain en la película *Las minas del rey Salomón*. Sobre sus muslos descansaba un arma larga de la que Espallargas no pudo decir si era rifle, fusil o carabina. A su alrededor, había instalado un pequeño campamento, con varias cajas de suministros, un hornillo de gas, dos grandes neveras de camping y una tiendecita de campaña.

–Buenos días, don Emil. ¿Cómo ha ido ese viaje?

–El viaje, bien. Sin embargo, a mi vuelta he tenido una mala sensación. Como si alguien hubiese entrado en mi casa sin permiso.

A Fermín le temblaron las canillas.

–¡Qué me dice! ¿Ha echado algo en falta?

–Oh, no, no me han robado nada. Pero prefiero ser precavido. Hasta que llegue el momento de la recolección, me voy a instalar aquí, para cuidar de cerca mis manzanas.

Espallargas echó un vistazo al manzano. Le llamó la atención que solo tenía tres frutos, aunque, eso sí, de un tamaño descomunal. Una de las manzanas, en especial, superaba con mucho a sus compañeras.

–Le he traído el correo de la semana pasada. Nada de importancia, solo publicidad, salvo un recibo del Ayuntamiento: la Contribución Urbana.

–Muy amable. Déjelo todo por ahí.

–De la contribución me tendrá que firmar el resguardo de entrega... –Fermín se palpó el bolsillo de la camisa–. ¡Vaya por Dios! Me he dejado el bolígrafo...

Emilka sacó uno de inmediato.

–Yo tengo. Traiga. ¿Algo más?

–No, nada..., pero... ¿podría darme un vaso de agua? Me siento un poco mareado.

Emilka gruñó y le cedió su sitio en la tumbona.

–Ande, ande, siéntese ahí. ¿El agua la quiere fría o del tiempo?

–Pues... fría. Con este calor...

Confiaba Espallargas en que Turbolev entrase en la casa en busca de un vaso, pero lo cierto es que allí fuera contaba con toda clase de suministros. De una de las neveras portátiles, sacó una cantimplora, llenó de agua un vaso de papel y se lo tendió.

Mientras Fermín bebía, Emil K. se volvió hacia el portón de la tapia, desde donde yo observaba la escena. Estaba segura de que no podía verme, pero clavó la vista en mí y sonrió de un modo escalofriante. Sin apartar la mirada, con el fusil colgado del hombro, tomó de una cesta de pícnic un huevo duro, lo peló con una sola mano y, sin sal ni nada, se lo comió de dos bocados.

El mensaje estaba clarísimo: «Aquí te espero, comiendo un huevo».

Toda una declaración de guerra.

Podía haberme cagado de miedo y olvidado del tema; de hecho, estoy segura de que habría sido lo más sensato. Sin embargo, algo en mi interior se revolvió ante el arrogante desafío del sargento de hierro.

—¿Es guerra lo que quieres? —murmuré entre dientes—. ¡Pues guerra te voy a dar!

Esa tarde, intenté leerme *Las tribulaciones del joven Werther*, de Goethe. Pese a estar en estado de enamoramiento, me pareció una soberana castaña, así que lo dejé a la mitad y centré mis esfuerzos en pergeñar un plan para derrotar a Emilka.

Fermín tenía razón. Ya no era necesario entrar en su casa para robarle la compota. Ahora, me parecía más osado, más sencillo y más eficaz robarle las manzanas de Bourroms delante de sus narices. En realidad, ese parecía ser su desafío. Ya había dejado claro que pensaba quedarse allí, día y noche, al pie del maldito manzano, fusil en mano.

Y yo necesitaba encontrar el modo de obligarlo a marcharse durante el tiempo suficiente como para entrar y pisparle las manzanas. ¿Imposible? No hay nada imposible si el plan es lo bastante ingenioso.

PLAN INGENIOSO

No quería desperdiciar el miércoles, día tonto donde los haya. Además, era la víspera del trascendental examen de Ramiro, que estaría desaparecido tanto ese día como el siguiente.

La tarde anterior, había elaborado sucesivos planes para robar las manzanas, emborronando cuartillas y más cuartillas. Tras desechar varios de ellos por contener fallos imposibles de afinar, finalmente me quedé con uno que, por absurdo e improbable, me pareció el más adecuado a las circunstancias.

* * *

El doctor Bálsamo venía a diario y se quedaba mucho rato cambiando impresiones con sor Claudia sobre el estado de salud de mi abuela. Aquel día, mientras pasaba la visita, yo me acerqué al ayuntamiento, donde me atendió Ulpiano, el secretario, que era un hombre terriblemente redicho.

—Buenos días, Ulpiano. Oiga, ¿es posible saber cuándo regresará al pueblo el señor Vaina?

—¿El de las semillas? Es un espécimen humano imprevisible. Efectúa aviso por vía telefónica con un par de días de anticipación, a fin de que incluyamos el anuncio de su presencia en nuestro municipio en el bando del día pretérito. Pero no sigue un patrón concreto.

—Vaaaya por Dios.

—Si necesitas averiguar sus próximos movimientos, lo mejor es que lo llames por teléfono.

—¿Tiene usted su número?

Se acercó a un tarjetero giratorio y lo hizo avanzar hasta la uve.

—Aquí está. Vaina. —En una hojita de almanaque me garabateó unas cifras y me la tendió—. Te atenderá su esposa.

Al regresar a casa, marqué el número y, en efecto, se puso al aparato la mujer de Antón Vaina, que, muy amable, me indicó que su esposo estaría hoy en Peralejos de la Fruta y Valmonte, al día siguiente en Torcazal y Molondrones de Arriba, y el viernes, en Villatejas y Concatenaria de Jiloca.

Tenía aquella mujer una bonita voz y tuve la intuición de que sabía cantar muy bien. Quizá podría haberse labrado una carrera profesional como artista y estar actuando ahora en algún teatro del Paralelo barcelonés. En lugar de eso, se había casado con Antón Vaina y atendía el teléfono de su empresa. En fin...

Cuando colgué el aparato, el doctor Bálsamo y sor Claudia Cardinale aún se estaban despidiendo, entre risas.

—¿Cómo está hoy mi abuela, doctor?

—¡Ah, Ofelia...! Bien bien, sin novedad en el frente. Estamos probando un nuevo tratamiento, pero habrá que dejar pasar unos días, a ver qué tal funciona.

—Ya tengo todas las instrucciones del doctor —aseguró la monja.

—Me voy tranquilo, camino de Valmonte, porque sé que la enferma queda en las mejores manos. Volveré mañana, Claudia. Sor Claudia. Adiós, Ofelia...

¡Zas! Valmonte, había dicho.

En las novelas, sobre todo en las de intriga, las casualidades están mal vistas, porque parecen un mal recurso de escritores sin talento; pero en la vida real, ocurren de cuando en cuando, claro que ocurren. Y cuando eso sucede, hay que cogerlas por la manga.

—¿Va usted a Valmonte, doctor?

—Sí, tengo que pasar allí consulta dentro de media hora.

—¿Podría llevarme?

Me miró con sorpresa por encima de la mascarilla. Pensé que me preguntaría el motivo, pero, simplemente, asintió.

—Desde luego que sí. Vamos.

RABIOSSA OFFICINALIS

El doctor tenía un Renault Dauphine de color rojo teja, con el que hicimos los veinticuatro kilómetros que nos separaban de Valmonte en veinticuatro minutos exactos, a una media, por tanto, de sesenta kilómetros por hora. Apabullante.

−¿Dónde te dejo? −me preguntó al cruzar el rótulo de entrada.

−Donde vea mucha gente reunida, por favor.

Bálsamo me lanzó una mirada rápida y siguió adelante, camino del dispensario médico. Al pasar por una plaza, vimos una importante aglomeración de personas en torno a una furgoneta DKW.

−¿Ahí?

−Justamente.

Unos cuarenta minutos tardó esta vez en dispersarse el gentío, conforme Vaina iba despachando su mercancía y compartiendo sus infinitos conocimientos agrícolas con los valmonteños.

Al fin, llegó mi turno.

−Buenos días, señor...

−Vaina −me cortó−. Antón Vaina, de Semillas Vaina, sociedad limitada unipersonal. Más que un representante de productos agrícolas, un amigo...

La enorme mano de Vaina quedó en el aire.

−¡Vaya! Pero si es Ofelia Gascón, de Congedo.

−Buena memoria.

−Mujer, no todos los días se conoce a alguien que tiene una foto de un manzano legendario. ¿Qué te trae por aquí?

–He venido exclusivamente para verle.

–No me digas que esta vez has encontrado un ejemplar del roble de Thor o del ciprés de Kashmar.

Sonreí, como si entendiese algo de lo que me decía.

–No, no es nada de eso. Necesito de sus conocimientos.

–Bien. ¿Cuál es tu problema? ¿Una plaga incontrolable? ¿Parásitos? ¿Hongos? ¿Malas hierbas? ¿Falta de vigor vegetal? –recitó, como hacía cincuenta veces al día.

–Estreñimiento.

Vaina arrugó la nariz.

–¿Tus plantas padecen estreñimiento?

–No, no: un amigo mío padece estreñimiento. Un estreñimiento crónico y feroz. Ni siquiera los más potentes laxantes de farmacia producen efecto. Necesitaría algo verdaderamente... poderoso. Usted me entiende.

–Ajá.

Vaina meditó unos instantes y, luego, alzó el dedo índice. A continuación abrió el portón trasero de su furgoneta. Durante un par de minutos revolvió entre las cajas que transportaba. Por fin, se volvió hacia mí sosteniendo en alto una pequeña bolsita de celofán transparente con tres pequeños frutos rojos en su interior

–¡Aquí está! La *Rabiossa officinalis*, seleccionada por Semillas Vaina.

–¿Y eso qué es?

–La madre de todas las guindillas. ¡Qué digo la madre...! ¡La suegra de todas las guindillas!

–¿Y es laxante?

–Digamos que si te comes una de estas, más te vale estar cerca del retrete o te va a faltar tiempo para llegar. No hay nada mejor para mover el cuerpo y limpiarlo de toda clase de impurezas. Te garantizo un verdadero cataclismo intestinal. Eso sí: pica que rabia, como su propio nombre indica.

–¿No hay nada mejor?

–No lo hay. Ni aquí ni en Lima. Garantizado.

–De acuerdo. Me la quedo. ¿Cuánto es?

Vaina me miró con una amplia sonrisa.

–Oh, en fin..., ha sido una buena mañana de ventas, me caíste bien el otro día, has venido hasta aquí desde Congedo y, en realidad, casi no recordaba que tenía estas guindillas, así que, por esta vez..., te las dejo en veinte pesetas.

–Pues aquí pone que valen doce con cincuenta.

–Ah, sí, bueno... Es un precio antiguo. Ni caso.

BUYUNBURA

Siguiendo con mi diabólico plan, esa misma tarde, a última hora, me dejé caer por el balneario Caldarium.

La mirada que me dedicó la madre de Ramiro al verme aparecer por allí habría podido pasar a los fondos del Museo de las Miradas Atómicas de Nagasaki.

–Solo vengo a desearle suerte a Ramiro para la prueba de mañana.

–Pues no está –me dijo ella, con firmeza y satisfacción–. Esta noche le hemos pagado una pensión en Calatayud para que mañana no tenga que madrugar tanto.

–Me parece una idea estupenda, doña Julia.

–¿Qué tal sigue tu abuela?

–Estable, gracias.

–Ahora, si no te importa, tengo que atender a mis clientes.

–¡Ah, sí! Los guarros.

–¡Chissst...! A ver si te van a oír.

–¡Huy, perdón! Quería decir, la selección nacional española de campo a través. ¿Hasta cuándo se quedan en Congedo?

–Se van el sábado. El viernes, pasado mañana, celebran su cena de despedida.

Por supuesto, no había acudido al balneario para desearle suerte a Ramiro, que yo suponía que la necesitaba tanto como Nadal si jugase al tenis contra mi padre. Mi presencia allí formaba parte del plan.

–¿Quiere que le eche una mano para servirles la cena a los guarros, doña Julia?

La madre de Ramiro me miró como si acabase de bajar de un platillo volante.

–Pues... vaya, lo cierto es que me vendría muy bien. Hasta primero de mes no contratamos ayudantes y me tengo que ocupar yo de todo.

–¡No se hable más! ¡Con las ganas que tengo de conocer en persona a semejantes atletas!

Antón Defluvio, Benito Amalgama, Sebastián Tirado, Agustín Piorrea y Feliciano Hongos, los componentes de la selección nacional de campo a través de 1967, habían acudido ese año a Congedo acompañados del seleccionador nacional y presidente de la Federación Española, Benjamín Pelarzas, el masajista Onésimo Liendres y el médico titular, el congediense Jaime Adalarga.

Todos los años elegían esas fechas por ser previas al campeonato mundial de su especialidad, que en esta ocasión iba a celebrarse en Buyunbura, la capital de Burundi. África.

–Mira, mira, qué chica más maja –exclamó Defluvio, nada más verme aparecer en el comedor con la bandeja de los macarrones en las manos–. ¿Cómo te llamas, preciosa?

–Ofelia.

–¡Qué bonito! Como la protagonista del Tenorio. ¿Y cuántos años tienes, Ofelia?

–Diecisiete. ¿Y usted?

–¿Yo? Treinta y tres.

–Pues parece mayor. Como de cuarenta o así.

–¿Tú crees? ¡Ejem...! Bueno..., es que el campo a través castiga mucho. Es una disciplina muy dura. Mucho entrenamiento. Mucho desgaste, ¿sabes?

–¡Ah! ¿Son ustedes atletas?

–¡Pues claro! Y de los buenos. ¡La selección nacional española de campo a través!

–¡Bien! –exclamaron los cinco atletas, a un tiempo.

–¿Y cuántas medallas olímpicas han ganado? –pregunté entonces, procurando que sonase de lo más inocente.

Defluvio, Amalgama, Tirado, Piorrea, Hongos, Pelarzas, Liendres y el doctor Adalarga estallaron en carcajadas.

–¡Medallas olímpicas! ¡Ay, madre, qué risa! ¿Tú sabes lo que es una medalla olímpica, maja? –me preguntó Defluvio.

–Naturalmente.

–Entonces deberías saber que es muy difícil ganar una.

–¿En serio?

–Mucho, muy difícil.

–Dificilísimo –puntualizó Amalgama.

–O sea, que ustedes no han ganado ninguna.

–Pues... no, chatica. Es que es muy difícil, ya te digo. Muy... muy difícil.

–Yo pensaba que no era para tanto. Como uno de los vecinos del pueblo ganó doce en sus años mozos...

Al oír aquello, los atletas se echaron a reír estentóreamente escupiendo trozos de macarrón.

–¡Doce medallas olímpicas! Pero ¿tú sabes lo que estás diciendo, corazón?

–Y las doce de oro –aclaré.

–¡De oro, además! ¡Lo que hay que oír! –clamó Piorrea–. ¿Y en qué prueba las ganó? ¿En sogatira?

–No, no... –dije, en medio de las risotadas de los atletas–. Las ganó corriendo, como ustedes. Eso sí: hace muchos años.

–¡Caray! ¿Y cómo se llama el fenómeno ese? ¿Paavo Nurmi? ¡Jia, Jia...!

–Se llama Turbolev. Emil Turbolev.

Los cinco corredores prorrumpieron en nuevas carcajadas. El seleccionador Pelarzas y el doctor Adalarga, en cambio, quedaron serios.

–¿Turbolev? –preguntó entonces don Benjamín Pelarzas–. ¿Te refieres a Emil K. Turbolev, al que llamaban el Gran Turbolev?

–Sí, sí, ese mismo.

El seleccionador se puso en pie, perplejo.

–¿Me estás diciendo que el Gran Turbolev aún vive?

–Desde luego. Y es vecino de este pueblo desde hace seis años.

–¿Usted sabe de quién hablan, don Jaime? –le preguntó Tirado al doctor Adalarga.

–¡Y tanto! Emil Turbolev fue el más grande. Hace años que nadie sabe nada de él, pero yo me dejaría cortar el pelo al cero por un autógrafo suyo.

–Pues resulta que es un hombre la mar de simpático –dije entonces muy sonriente–. Estoy segura de que estará encantado de que vayan ustedes a visitarlo antes de marcharse. Y si, además, le regalan un pastel de zanahorias, que es su plato favorito, posiblemente cuenten con su afecto para siempre jamás.

Los ocho hombres se miraron entre ellos.

–¿Y de dónde sacamos nosotros un pastel de zanahorias?

–¡Oh...! Mi abuela es una excelente repostera. Hace un pastel de zanahorias como para chuparse los dedos de los pies.

–¡Espléndido! –exclamó el presidente–. Dile a tu abuela que nos prepare uno para pasado mañana y se lo llevaremos a Turbolev a su casa.

–Muy bien. Tomo nota del encargo.

–¿Y si le proponemos que venga el viernes a la cena de despedida de la concentración? –propuso Amalgama–. Si lo invita don Benjamín en persona, no podrá negarse.

A los demás les pareció una buena idea, y a mí, aún mejor.

JUEVES

Ah, el jueves... Por alguna razón, le tenía yo miedo al jueves, que ya de por sí es un día absurdo y entrometido, en cierto modo.

En especial, aquel jueves.

Fin de curso. Día del examen de Estado y de la prueba de madurez. Víspera de la puesta en práctica de mi descabellado plan. Un día necio, sin personalidad propia, un paréntesis. Un corchete, más bien. En algún momento pensé en dedicarlo íntegramente a la lectura, que tenía algo abandonada desde que se agravó la enfermedad de mi abuela. Y me faltaba tanto por leer...

Valle-Inclán, Blasco Ibáñez, Miguel Hernández, Neruda, Oscar Wilde, Camus, Faulkner, Kafka, Hemingway, Schiller, Nabokov, Thomas Mann, Turguénev, Stendhal, Ibsen, Defoe, Emily Dickinson, Virginia Woolf..., por no hablar de que aún no me había leído el *Quijote* ni *La vida es sueño* ni el *Enrique IV* de Pirandello ni nada bien traducido de William Shakespeare.

En el último autobús del día, llegó Ramiro. Y yo lo estaba esperando junto a los nueve chorros.

–¿Qué? ¿Cómo ha ido el examen?

Me miró con una media sonrisa capaz de derretir un témpano.

–No sabremos las notas hasta dentro de una semana, pero... yo creo que ya soy universitario.

–¿Sí? ¡Enhorabuena! –exclamé, echándome en sus brazos. Y, sin soltarlo, le pregunté al oído–. ¿Y qué tal le ha ido a Lola?

–Supongo que mejor aun que a mí, como siempre.

–¡Vaya! Así de lista es, ¿eh?

–Así de lista.

–Espero que no hayas quedado mañana con ella, porque tenemos que poner en práctica mi plan.

Me miró con sorpresa y expectación.

–¡Caramba! Así que ya tienes un plan.

–Tenemos un plan.

VIERNES

Durante la mañana del viernes, me ocupé de cocinar el pastel de zanahoria más picante, abrasador y laxante de la historia de la gastronomía moderna. Los tres ejemplares de *Ra-*

biossa officinalis me hicieron saltar las lágrimas solo con abrir la bolsita de celofán que los guardaba.

A mediodía, llevé al balneario el pastel, perfectamente empaquetado.

A media tarde, Ramiro y yo acarreamos una escalera de madera, que apoyamos contra la tapia de la casa de Emilka y que me permitiría asomarme por encima del muro coronado de trozos de cristal. Y, llegado el momento, saltar al interior de la finca del doce veces campeón olímpico.

Cuando llegamos, allí seguía él, en su tumbona, con su escopeta en el regazo, rodeado de provisiones, sin perder ni un segundo de vista sus tres manzanas, que, como me había indicado Fermín, presentaban ya un volumen formidable.

Ramiro se acercó corriendo desde la esquina de la calle Sila.

—¡Ya están aquí! ¡Ya están aquí! ¡Atenta!

HORARIO EUROPEO

Sonó la campanilla del llamador exterior y Emilka dio un respingo. Se incorporó con expresión de fiereza absoluta y permaneció inmóvil, terciada la escopeta. Cuando la campanilla volvió a sonar, se echó el arma a la cara y recorrió con el punto de mira del arma todo el perímetro superior de su tapia. Justo me dio tiempo de agacharme, evitando que me descubriese. Tras eso, se decidió a acudir al portón de entrada a su parcela.

—¿Quién es? —preguntó, sin llegar a abrir.

—¿El señor Turbolev? —dijo al otro lado una voz algo trompetuda—. ¿El señor Emil Turbolev? ¿Es usted el Gran Turbolev?

–¿Y usted quién es?

–Soy Benjamín Pelarzas, seleccionador nacional de campo a través. Vengo acompañado por el equipo titular al completo para saludarlo y manifestarle nuestra más profunda admiración.

Emilka frunció el ceño, abrió la puerta dos palmos y se encontró con un grupo de ocho tipos renegridos, vestidos con traje y corbata. Se veía a la legua que la mayoría de ellos no se habían puesto un traje desde el día de su primera comunión.

–¿Señor Turbolev? –insistió Pelarzas.

–Sí, soy Emil K. Turbolev. La K es por Konstantin.

De inmediato, los ocho hombres prorrumpieron en un fervoroso aplauso.

–¡Qué honor para nosotros! –exclamó el presidente–. ¡Qué gran honor! Permítame presentarle a los atletas Defluvio, Piorrea, Hongos, Amalgama y Tirado, al doctor Adalarga y a nuestro masajista, Onésimo Liendres.

–Tanto gusto, señores. Y ahora, si me permiten, tengo mucho que hacer –declaró Emilka, intentando cerrar la puerta.

–¡Espere, hombre, espere! Si hemos venido hasta aquí es para invitarlo a compartir con nosotros la cena de despedida de la concentración antes de salir mañana hacia Burundi, para competir en el campeonato mundial. Nos encantaría que nos acompañase.

–¿Que los acompañe a Burundi? ¿Está usted mal de la cabeza?

Emilka hablaba el español correctamente, aunque con un leve acento extranjero, de origen indeterminable.

–¿Eh? No, no, a Burundi no: solo a cenar, esta noche.

–Ah. Lo siento mucho, pero yo ya he cenado. Llevo horario europeo.

–¡Oh, qué lástima! –gimoteó Pelarza–. Al menos, déjenos hacernos una foto con usted.

–Aborrezco las fotografías.

–Pero, hombre, Turbolev, que estamos entre colegas. ¡No nos iremos de aquí sin un recuerdo de este día inolvidable!

–Pues si es inolvidable, ¿para qué quieren un recuerdo?

–¡Ja, ja! ¡Qué bueno! Venga, caramba, no sea usted arisco.

–Está bien... –capituló Emilka, tras un largo suspiro–. Haremos esa foto aquí fuera, ante la puerta de mi casa.

–Estupendo. ¡Vamos, muchachos...! Usted, Liendres, coja la cámara.

–¡Eh! ¡Que yo también quiero salir! –protestó el masajista.

–Luego hacemos otra, no se preocupe.

–De eso nada –dijo Emilka–. Solo una foto.

–Pues entonces, que la haga otro.

–¡Por Dios, Onésimo! –clamó el presidente Pelarzas–. ¡No me obligue a ejercer la autoridad que dimana de mi cargo! Háganos esa foto con el señor Turbolev y ya lo añadiremos luego a usted, con la técnica del fotomontaje. ¡Ah, espere! Si solo vamos a hacer una foto, que sea entregándole nuestro regalo.

–¿Me han traído ustedes un regalo? –preguntó Emilka sorprendido.

–Sí, señor. ¡Su plato favorito!

–¿Goulash?

–¡Un riquísimo pastel de zanahoria!

–¿De zanahoria? ¿Es que me han tomado por un conejo?

–Hombre, no. Un conejo no. Pero... ¡reconozca que, en sus buenos tiempos, corría usted como una liebre! ¡Ja, ja, ja...!

Todos los atletas rieron con el chiste de Pelarzas. Sin embargo, Emilka endureció el gesto.

–¿Quién les ha dicho que el pastel de zanahoria es mi favorito?

Don Benjamín sonrió.

–Una chiquilla encantadora, creo que pariente de la encargada del hotel en el que nos alojamos. Obdulia, creo que se llama.

–No, no: Olivia, señor Pelarzas –dijo Piorrea–. Se llama Olivia.

–No, Olivia no. Octavia, me parece –intervino el masajista Liendres.

Pero fue el doctor Adalarga quien zanjó la discusión.

–Ofelia.

–¡Eso es! ¡Ofelia! –corroboraron los demás.

–Ofelia... –murmuró Emilka entre dientes. Y, enseguida, se recompuso–. Disculpen un momento, que ahora mismo vuelvo. Voy a dejar la carabina, para que no salga en la foto.

Entró en la parcela y dio una vuelta sobre sí mismo, lanzando una mirada lenta, escudriñadora y circular. Incluso me pareció que se detenía levemente al mirar hacia mi posición, en lo alto de la tapia. O no me vio o hizo como que no me veía. Finalmente, apoyó la escopeta en la jamba del portón y salió de nuevo.

El masajista Liendres tomó la Yashica del seleccionador Pelarzas, se alejó unos pasos, encuadró y dijo:

–Ahora sonrían, señores, que va a salir un pajarito.

LA FOTO

Años más tarde, por pura casualidad, tuve ocasión de contemplar aquella foto. Fue poco antes de los juegos de Barcelona 92, en un monográfico que el diario deportivo *Sport* dedicó a la presencia de antiguos campeones olímpicos en nuestra región y que encontré en la sala de espera de mi dentista.

En el pie de foto se relacionaba correctamente a los retratados: los cinco guarros, con traje, chaleco y corbata de nudo gordo, el doctor Jaime Adalarga y el presidente y seleccionador nacional Benito Pelarzas. Todos ellos sonrientes, como si acabasen de ganar el primer premio de una rifa. En el centro, con cara de mala uva y sosteniendo una tarta en las manos, un tipo alto y espigado, de cabellos canosos cortados a cepillo.

«Emil K. Turbolev, doce veces campeón olímpico. El Gran Turbolev. Todos ellos posando ante la casa de este último en Congedo, provincia de Zaragoza. REUTERS.»

A través de la abertura que dejaba el portón entornado a sus espaldas, podía adivinarse al fondo, a la derecha, la parte superior de la tapia que cerraba la parcela. Si alguien hubiese dispuesto de una portentosa ampliadora, quizá habría podido distinguir, entre los trozos de vidrio que coronaban el muro, la mirada de una chica joven contemplando la escena desde la distancia.

Esa chica era yo.

* * *

Tras la foto, los visitantes parecían dispuestos a despedirse cuando, curiosamente, ahora fue Emilka quien los retuvo.

–Siento no haberles podido ofrecer ni un café, pero es que no tengo. Sin embargo, ya que me han traído ustedes este excelente pastel de zanahoria, déjenme al menos que los invite a compartirlo conmigo.

–¡Oh, es usted muy amable, amigo Turbolev! ¡Gran Turbolev! –aceptó Pelarzas.

Emilka se acercó a su zona de pícnic.

–Bonito manzano –dijo el presidente.

–¿Verdad que sí?

Emilka cogió ocho platos de postre, ocho tenedores y un cuchillo cebollero. Abrieron el paquete que contenía el pastel, con grandes aspavientos de admiración por su buen aspecto, y Emilka lo partió por su centro.

–Me quedo la mitad para mí. La otra es para ustedes.

Con gran habilidad, dividió una de las dos mitades en ocho trozos y los repartió en los platos.

–¡Qué buena pinta tiene! –llegó a proclamar Feliciano Hongos cuando Emilka le sirvió su ración.

Se llevaron todos a la boca el primer trozo y lo masticaron con deleite. Casi de inmediato, se miraron con el terror aflorando al rostro.

–¿Qué? ¿Cómo está la tarta? ¿Eh? –preguntó Turbolev.

–Está muy... muy rica..., sí –logró balbucear el doctor Adalarga, justo antes de que se le durmiera la lengua.

–Pues, hala, adelante –los animó el anfitrión–. ¡Hasta la última miga!

Los ocho visitantes se zamparon sus respectivas raciones en medio minuto y se despidieron con prisas del Gran Turbolev.

–Adiós, don Ebil. Ha sido un... hodor codocerlo...

–¿Está usted llorando, Pelarzas?

–Es la eboción...

Según nos contó después doña Julia, sus ocho huéspedes llegaron al balneario a la carrera y profiriendo alaridos. Sin quitarse la ropa, se arrojaron de cabeza a la piscina termal y se bebieron toda el agua que contenía, a grandes tragos.

Hubo que suspender la cena prevista y esa noche nadie pegó ojo en el Caldarium. Todo fueron gemidos y carreras al retrete.

A la semana siguiente, en los campeonatos del mundo de *cross* de Burundi, la selección española consiguió los mejores resultados de su historia, aunque, finalmente, todos sus componentes fueron descalificados por dopaje.

Por desgracia, la *Rabiossa officinalis* figuraba en la lista de sustancias prohibidas por la Federación Internacional.

Apenas sus admiradores se hubieron largado, Emilka dio media vuelta y regresó junto al manzano.

–Atento –le susurré a Ramiro, que me esperaba a pie de escalera–. Si Emilka se come un trozo del pastel, no tardará en correr al baño y llegará nuestra oportunidad.

Pero esa oportunidad nunca llegó, porque Emilka no probó la tarta.

Con toda parsimonia, como si supiera que yo lo observaba, depositó el medio pastel junto a la base del manzano de Bourroms y se dirigió a la cochera. Al poco, salió de ella con un extraño artilugio que entones no supe reconocer pero que resultó ser un lanzador de tiro al plato. Lo plantó en el centro del jardín, colocó en el soporte la media tarta y accionó el resorte. Cuando el trozo de pastel alcanzó su máxima altura, Emilka se echó la escopeta a la cara y disparó dos veces, dándole de lleno; convirtiéndolo en migas ardientes que llovieron sobre los alrededores.

Luego sonrió, recargó el arma y volvió a su tumbona.

TARZÁN Y LAS AMAZONAS

El domingo, como una medida desesperada, Espallargas programó en el Marenostrum *Tarzán y las amazonas*. Teníamos la muy remota esperanza de que Emilka acudiese a la sesión de cine y, durante esas dos horas, abandonase la vigilancia del manzano.

Por supuesto, Emilka no se movió de su sitio, ni borró de su cara la media sonrisa que exhibía desde la visita de los guarros.

En los días siguientes, traté por todos los medios de diseñar nuevos planes que alejasen a Emilka de su condenado manzano , aunque solo fuera durante unos minutos, pero me sentía bloqueada, vacía de ideas. Derrotada.

En mi fuero interno, sabía que había fracasado. Sin paliativos.

Y como si fuera consciente de que ya nada podíamos hacer, la abuela Maravillas empeoró.

Las dos semanas siguientes fueron de pesadilla.

El doctor Bálsamo y sor Claudia lucharon a brazo partido con todos sus conocimientos y con todos los medios a su alcance por encontrar la senda que condujese a la recuperación o, al menos, a la mejoría de mi abuela. Sus esfuerzos acabaron en un callejón sin salida.

Yo me recuerdo caminando como un espectro por la casa, subiendo a la biblioteca de la buhardilla en busca de alguna lectura lo bastante apasionante como para abstraerme por un rato del ambiente de fatalidad que allí se respiraba.

Solo algunas conversaciones con sor Claudia, a la que yo ya consideraba a esas alturas una mujer excepcional, lograban distraerme durante cortos períodos de tiempo de la idea, cada vez más instalada en mi cabeza, de que mi abuela se moría sin remedio.

EL SEXTO SENTIDO

–¿Cree usted en los milagros, sor Claudia?

–Soy una monja. Tengo que creer en los milagros por obligación.

–¿Y cómo funcionan? ¿Como la lotería?

–A veces pienso que sí, que son como la lotería, solo que nunca sabes cuándo va a haber sorteo. De todos modos, por si acaso, yo le he comprado a tu abuela todos los décimos que he podido. Nunca había rezado tanto y con tanta fe como desde que llegué a esta casa.

–Ha hecho usted muchísimo más que rezar, sor Claudia. Aunque no haya servido de gran cosa.

–Eh, eh, nada de desanimarse, Ofelia. Estamos pasando

por lo peor, pero esto no es cómo va, sino cómo acaba, ya lo verás.

—¿Cree usted que rezar sirve también para los asuntos amorosos?

—Creo que no, aunque no podría decírtelo con seguridad; ese tema no lo tengo estudiado.

—Claro. ¿Qué puede saber una monja del amor?

Sor Claudia frunció el ceño.

—No te confundas. No soy una de esas chicas que pasan del colegio al convento sin haber visto hoja verde. Yo me hice monja bastante mayor. Cuando sentí la vocación, ya era enfermera y ya había conocido el amor; y el desamor.

Crucé los brazos sobre la mesa y miré con renovado interés a sor Claudia.

—¿Ah, sí? De modo que estuvo usted enamorada.

—Muy enamorada.

—¿Y era guapo?

—Muy guapo.

—Mi abuela dice que los hombres guapos solo traen desgracias a las mujeres.

—Tu abuela es una mujer excepcional. Lo cual no significa que siempre tenga razón.

—De modo que se hizo monja por culpa de un desengaño.

—No, no... Me hice monja después de un desengaño, que no es lo mismo.

—Quizá yo también debería ir pensando en meterme a monja. Llevo dos desengaños en los últimos nueve meses.

Sor Claudia rio.

—Seguramente ya has agotado tu cupo de desengaños y la próxima vez te irá mejor. Además, serías una monja horrible.

Me lo dice mi sexto sentido. En cambio, creo que serías una buena catedrática de universidad.

–Lo veo difícil. Para ir a la universidad hace falta dinero.

–O becas. ¿Sacas buenas notas?

–Sí. Este año tendré que repetir curso por culpa del virus de las narices y, como la mitad del temario ya me lo he estudiado este año, el próximo pensaba apretar un poco, a ver si saco matrícula de honor. En todas las asignaturas. No pienso dejar ni las migas.

–Uuuh... A veces, me das miedo.

–En ocasiones, veo muertos.

–¿Cómo?

–Nada, nada...

LOS JUEVES, MILAGRO

A esas horas, las calles del pueblo se hallaban desiertas. Hacía mucho calor, casi tanto como en pleno agosto, y la mayoría de nuestros vecinos aún dormían la siesta. Regresaba de la farmacia cuando me alertó la aparición, por el fondo de la calle, de una silueta procedente sin duda de la carretera general. Ya era raro que un automóvil atravesase el pueblo a aquellas horas, y, encima, al aproximarse me di cuenta de que, además, aquel no era un coche normal. Era un auténtico *haiga* americano. Uno de esos coches interminables que solo veíamos en las películas del Marenostrum. Se acercaba a marcha lenta y, claro, yo me detuve, llena de curiosidad, intentando averiguar quién lo conducía.

Y al llegar a mi altura, el conductor frenó y bajó la ventanilla, que era eléctrica, lo que me dejó perpleja.

–¡Hola, chica! –exclamó, con un curioso acento extranjero.

Era un tipo grande, más que maduro pero bien conservado, con abundante pelo entrecano y ojos muy vivaces. Tuve la extraña e improbable sensación de que no era la primera vez que lo veía.

–Buenas tardes, señor.

Me acerqué, aprovechando para echar un vistazo al interior del auto, que era enorme, solo un poco menor que el polideportivo de mi instituto. En el puesto del copiloto se sentaba una mujer hermosísima. Una belleza de película.

–¿Este bonito pueblo llama Congedo? –preguntó el tipo.

En realidad, no dijo Congedo sino Conguedo, pero yo lo entendí.

–Sí, señor. Congedo. Si necesita alojamiento, el balneario Caldarium es estupendo.

–*Ouh, nou*, gracias. Nosotros solo de paso. Para visita buen amigo mío.

–¿Cómo se llama?

–Mi nombre es John.

–No, no, digo su amigo. ¿Cómo se llama su amigo?

–¡Ah! Turbolev. Emil Turbolev. ¡El Gran Turbolev! ¿Sabes dónde vive?

En ese instante até todos los cabos.

Y no solo caí en la cuenta, sino que casi me caigo de culo.

–¡Oh, Dios mío...! –exclamé, alzando los brazos–. ¡Ahora lo reconozco! ¡Usted es...! ¡Es Johnny Weissmuller! ¡Usted es Tarzán! ¡Tarzán de los monos!

El hombre sonrió ampliamente y, como respuesta, salió del coche, se llevó las manos a la boca y, haciendo bocina con ellas, lanzó a los cuatro vientos el famoso alarido de Tarzán.

Igualito igualito que en las películas. Su compañera aplaudió encantada, riendo a carcajadas.

Casi de inmediato, algunos vecinos levantaron las persianas y se asomaron a los balcones.

—¡Miren, miren! —les grité—. ¡Es Tarzán! ¡El auténtico rey de la selva ha venido a visitarnos!

Se organizó en el pueblo un revuelo de padre y muy señor mío.

Diez minutos más tarde, con el sargento Porras actuando como guardaespaldas, nuestro alcalde conducía a Weissmuller y su compañera al bar Ferruginoso, donde, ante más de cincuenta vecinos, fueron invitados a cerveza para él y naranjada Crush para ella. Además de un platito de olivas.

—¡Qué honor, don Tarzán! —proclamaba el alcalde—. ¡Qué honor para nuestra humilde localidad!

—Llámeme Johnny —pidió Weissmuller, dándole al alcalde una palmada en la espalda que casi le causa una luxación de hombro.

—Habla usted muy bien el español, ¿eh?

—Gracias. Lo aprendí con entrenador de mona Chita, que era paraguayo —explicó el actor afablemente.

—De modo que viene usted a visitar al señor Emilka.

—Emil, sí. Emil K. Un amigo común, de Comité Olímpico, me dijo que vivía aquí. He venido visita a España para ver rodaje película *Camelot* en Segovia. Sale mi amiga Vanessa. Hoy era descanso de rodaje y digo: «Vanessa, vamos a visitar mi amigo Turbolev». ¡Y aquí somos! *Hey, men!*

—¡Qué bueno! Pues, nada, vayan terminándose las olivas y los acompañaré a casa de su amigo. Es un hombre algo solitario, pero todos le tenemos gran aprecio.

–¡Gran Turbolev!

–¡Eso! Por cierto, don Johnny, al salir a la calle ¿le importaría volver a lanzar el alarido de Tarzán? Es que algunos vecinos no lo hemos escuchado antes y me ha dicho aquí, el sargento, que ha sido la porra.

–¡Con mucho gusto! ¡Ja, ja...!

Cuando el bar se despejó, y mientras desde la calle nos llegaban los ecos del grito selvático de Weissmuller, busqué a Ramiro y le hablé al oído.

–Esto no puede ser casualidad. Se trata de una señal.

–¿Una señal de qué?

–De que nuestro plan merece la pena y debe funcionar. Estoy segura de que la visita de Tarzán a Emilka nos va a proporcionar la oportunidad que esperábamos para robar las manzanas. Hemos de estar atentos.

Mientras una comitiva compuesta por el Pontiac de Weissmuller, precedido por el Citroën dos caballos de la Benemérita conducido por Porras y seguido a pie por más de la mitad de los habitantes del pueblo se dirigía a la casa de Emilka, Ramiro y yo nos dirigimos por otro camino al rincón de la tapia donde teníamos siempre preparada la escalera con la que alcanzar la cima del muro y los sacos de arpillera con los que rebasarlo sin daño.

En cuanto pude asomarme, vi que Emilka se había puesto en pie –sin duda, alertado por los inconfundibles alaridos de Tarzán– y aferraba inquieto su escopeta, la vista fija en el portón de entrada.

Apenas unos instantes después, Weissmuller rompía la campanilla del timbre de casa de Emilka, tras propinarle dos tirones propios de Maciste. Emilka chasqueó la lengua, claramente contrariado, pero, tras unos segundos de indecisión, acudió a abrir.

–*Hello*, Johnny –dijo, en un perfecto inglés de Oxford, al tiempo que exhibía una sonrisa nostálgica–. Suponía que eras tú. ¡Cuánto tiempo! ¿Cómo te va?

–¡Emil, amigo!

Ambos se fundieron en un abrazo.

–Te veo muy bien –dijo el Gran Turbolev.

–¿Tú me ves bien? ¡Qué dices! Si estoy hecho una birria. En cambio, tú pareces un chaval, Emil. ¿Cómo lo haces?

–Como mucha fruta. Y sigo entrenando a diario. Casi a diario.

–¡Qué fenómeno! Mira, te presento a mi amiga Vanessa. Vanessa Redgrave. Supongo que te suena su nombre. Es una gran actriz.

–Pues... no tengo el gusto.

–Está rodando *Camelot*, en Segovia.

–¡Ah, mira! Segovia sí que la conozco. Bueno, de oídas. Tiene un acueducto romano, ¿verdad?

–No sé. ¿Qué es eso?

Antes de entrar en la casa de Emilka, Weissmuller se volvió hacia las más de cien personas que lo habían acompañado hasta allí, encabezados por su alcalde.

–¡Señoras y señoras! He encontrado mi amigo. ¡Muchos gracias a todas!

Acto seguido, lanzó una vez más su alarido, por el que recibió una entusiasta ovación mientras el sargento Porras saludaba militarmente.

Johnny y Vanessa quisieron invitar a Emilka a cenar en el restaurante del balneario, pero él no se dejó convencer. A cambio, el silesio les propuso tomar algo allí, en el jardín de su casa.

—Lo tienes algo descuidado, Emil —comentó Tarzán, lanzando una mirada general sobre la grava que cubría enteramente la parcela—. No parece propio de ti.

—He sufrido una plaga y necesitaba acabar con las malas hierbas —se excusó Emilka—. La semana que viene, plantaré césped.

Weissmuller y Vanessa Redgrave aceptaron la invitación. Y en cuanto el Gran Turbolev sacó medio jamón de Teruel y un par de botellas de champán Veuve de Clicquot que había traído de su último viaje a Suiza, ambos olvidaron el deprimente entorno y pasaron las siguientes horas comiendo y contando divertidas anécdotas olímpicas y cinematográficas.

Por supuesto, mucho antes de eso, yo ya había descendido de la escalera.

—No lo vamos a lograr —vaticinó Ramiro—. Nos vamos a pasar aquí la tarde entera, esperando a que Emilka abandone su casa en algún momento. Y no lo hará.

—Tenemos que confiar en la suerte —dije yo, adoptando el papel del poli optimista—. Veo a Emilka más contento que nunca. Lo oigo reír de cuando en cuando y eso es algo totalmente nuevo. Se encuentra a gusto con Weissmuller. Con un poco de suerte, llegará el momento en que se confíe y tendremos nuestra oportunidad.

Les llevó un tiempo larguísimo, que se nos hizo interminable, pero al final, Vanessa, Johnny y Emilka dieron por concluida la velada.

169

—¡Eh, atenta! —me indicó Ramiro—. Los oigo hablar. Creo que se acercan a la puerta.

Volví a subir a la escalera.

–Vamos, vamos... –supliqué a los dioses de la fortuna–. Solo un poquito de suerte, para variar.

Emilka abrió la puerta accesoria y cedió el paso a sus invitados. Cuando yo pensaba que allí los despediría, Emil Turbolev salió también a la calle.

–¡Han salido! ¡Corre, vete a la esquina! –le indiqué a Ramiro.

Los dos hombres se abrazaron y Turbolev besó ceremoniosamente la mano de Vanessa Redgrave.

–Hemos dejado el Pontiac aparcado en una placita, a unas cien yardas de aquí. No cabía por estas últimas calles.

–Ya. Los constructores de las ciudades europeas no imaginaron que algún día los americanos fabricarían coches tan grandes –comentó Emilka–. Os acompaño hasta allí. Hace tiempo que no veo un Pontiac.

Cuando vio que Emilka cerraba la puerta y los tres echaban a andar calle adelante, Ramiro regresó corriendo y me lanzó las arpilleras.

–¡Vamos, salta! ¡Aquí está nuestra ocasión!

No me paré a pensar ni un segundo. De inmediato, coloqué los sacos de arpillera sobre los cristales que coronaban la tapia y salté al otro lado. Me di un buen revolcón al caer, pero no me importó.

Corrí hacia el manzano, elegí la más gorda de las tres manzanas y tiré de ella con todas mis fuerzas. Ni se canteó. Faltaba mucho para que estuviese en sazón, y el pedúnculo se veía grueso, capaz de soportar aún muchos kilos más. Con todo, lo intenté un par de veces más, incluso colgando todo mi peso, y probé después con sus dos hermanas más pequeñas. Sin resultado. Necesitaba cortar el pedúnculo. Con un cuchillo de cocina bien afilado sería fácil. En el pequeño campamento de Emilka encontré un par de cuchillos, pero eran meros cubiertos de camping, romos y nada contundentes. Lo intenté, pero apenas logré hacerle mella. El condenado manzano era duro como el pedernal.

Al pensar en el pedernal tuve una idea. Busqué por el suelo alguna piedra que tuviera un canto lo bastante afilado. Di con una que me pareció adecuada y ataqué con desesperación la manzana, insistiendo una y otra vez en el mismo punto del rabito. Y esta vez sí, funcionó. El pedúnculo empezó a rasgarse y, tras un tiempo que se me hizo eterno, cuando ya sentía que la respiración me faltaba, tiré con todas mis fuerzas y ambas, la manzana y yo, caímos rodando al suelo.

Era del tamaño de una sandía grande y pesaría no menos de diez kilos.

Entonces, me percaté de que mi plan tenía un fallo garrafal. Contaba con arrojar las manzanas por encima de la tapia para que Ramiro las cogiese, pero ahora caí en la cuenta de que de ningún modo podía lanzar una manzana de diez kilos a cuatro metros de altura. Lo intenté una sola vez, por probar, y resultó una maniobra patética. Quizá conseguí metro y medio de altura.

No sabía cuánto rato podía tardar Emilka en despedir a sus amigos, pero seguro que el tiempo se me estaba acabando. Mi única opción era salir por la puerta.

Cargué con la manzanota en brazos y corrí hacia allí, hacia el portón. La cabeza me zumbaba; los nervios y el esfuerzo me estaban nublando la vista, pero tenía que seguir adelante. Lo iba a conseguir. Tenía la convicción de que la diosa fortuna me debía un vale canjeable por toda la mala suerte que me había perseguido en estos últimos tiempos.

Tropecé, caí, me levanté. Seguí avanzando.

Cuando me faltaban apenas diez pasos para llegar, la puerta se abrió y apareció Emilka. Me quedé petrificada.

–Pequeña ladrona... –masculló mientras echaba mano de su escopeta, que había dejado apoyada en el quicio del portón.

Emilka alzó el arma y me apuntó con ella al corazón.

No intenté huir porque sabía que carecía de toda posibilidad. Estaba aterrorizada y solo acerté a sujetar con fuerza la manzana delante de mi pecho, esperando que Emilka no quisiera dañarla. Así debía de ser, porque entonces me apuntó directamente a la cabeza.

No cerré los ojos. Gracias a eso, pude ver la silueta de Ramiro recortándose sobre el hueco de la puerta, a espaldas de Emilka. Sentí con ello el destello de una leve esperanza. Duró poco.

–Dile a tu amigo que no dé un paso más –masculló Emilka, sin dejar de apuntarme.

–Quieto, Ramiro.

Al oírme, noté cierta sorpresa en su expresión. Alzó un poco la cara, para poder mirarme directamente, no ya a través del punto de mira de su escopeta.

–¿Quién eres? –preguntó.

Y detecté verdadera curiosidad en su tono.

–Me... llamo Ofelia Gascón –respondí en un suspiro.

–No te pregunto cómo te llamas, que eso ya lo sé, sino quién eres.

–Soy... la nieta de Maravillas.

Emilka se irguió un poco más. Su mirada pareció enturbiarse.

–Te pareces a ella –murmuró. Y tras un largo silencio, me hizo una nueva pregunta–. ¿Qué pensabas hacer con mi manzana?

–Era para ella. Para mi abuela. Le contagié la enfermedad y los tratamientos no funcionan. Se muere. Pensé que sus manzanas podrían serle de ayuda. Eran mi última esperanza.

Emilka permaneció inmóvil un tiempo que se me antojó larguísimo, quizá todo un minuto; poco a poco, el entrecejo se le fue alisando.

De repente, bajó el arma y echó a andar a paso vivo hacia la casa.

–Espérame aquí –me dijo, al pasar junto a mí.

Cuando Emilka entró en la vivienda, Ramiro, desde la puerta, me hizo gestos para que echásemos a correr y huyésemos de allí. Le dije que no. Al contrario, me acerqué al porche y deposité la manzana en el suelo, a la sombra.

Dos o tres minutos más tarde, salió Emilka. Cargaba con un enorme petate militar con inscripciones en ruso. De su interior escapaba el tintineo de docenas de frasquitos de cristal.

–Vamos –dijo solamente.

A pesar de la carga, caminaba por las calles del pueblo a un paso tan vivo que Ramiro y yo apenas podíamos seguirlo. Y no necesitó ninguna indicación para llegar a la casa de mi abuela. Entró y, sin el menor atisbo de duda, se dirigió a su dormitorio.

Al verlo entrar en la habitación, sor Claudia ahogó un grito, se puso en pie, tomó el crucifijo que llevaba al cuello y lo alzó frente a él.

–¡Vade retro, Satán! –clamó la monja.

Emilka no le prestó la menor atención. Depositó el petate en el suelo, se acuclilló junto al lecho de mi abuela y le tomó una mano entre las suyas.

–Hola, Maraví.

Mi abuela –los labios resecos, los ojos hundidos en las cuencas– lo miró con sorpresa y alzó las cejas al reconocerlo.

–¡Tú...! –gimió.

Tras unos segundos, Emil se incorporó, abrió el petate y sacó uno de los frasquitos, el rotulado con el número 177, lo abrió con un pop cantarín y se volvió hacia la monja, que aún seguía con el brazo extendido y sujetando su crucifijo entre los dedos.

–Perdone, ¿me decía usted algo, hermana?

–Pues..., en realidad... no.

–¿Querría darle a Maravillas el contenido de este frasco? Seguro que lo hará usted mejor que yo.

–No pienso darle nada que no haya sido autorizado por el doctor Bálsamo.

–Vamos, hermana..., solo es compota de manzana. No le hará ningún mal.

Sor Claudia, dubitativa, me buscó con la mirada para obtener mi aprobación.

Con la tercera cucharada, ya noté alguna mejoría, cuando vi que mi abuela se relamía y la oí decir:

–Madre mía, qué rico está esto.

EPÍLOGO

Aborrezco los epílogos, pero quizá en esta ocasión sea la mejor manera de cerrar esta historia y poner en adobo los recuerdos de aquel tiempo lejano.

En los cinco días que siguieron a la visita de Johnny Weissmuller a Congedo, Emil Turbolev no se separó del lecho de mi abuela. En ese tiempo no lo vi comer ni dormir, y tan solo de cuando en cuando me pedía que le preparase un café.

El doctor Bálsamo se mostró escéptico al principio, pero, tras un par de días en los que no empeoró, lo cual ya era un avance notable, mi abuela inició una clara mejoría que solo podía atribuirse a la compota de Bourroms, pues, aunque no dejó de lado la medicación, ese era el único alimento que ingería, a razón de tres o cuatro frascos diarios que, además, comía con avidez.

La noche del cuarto día, cuando ya el inicio de la recuperación de mi abuela resultaba innegable, me senté junto al silesio. Apoyaba los antebrazos en las rodillas y contemplaba dormir a mi abuela. Sin volver la mirada, empezó a hablarme. Me contó lo muy enamorado que había estado de ella, de qué manera lo deslumbró cuando llegó a Congedo por vez primera, seis años atrás.

–No solo era una mujer muy hermosa para su edad, como lo eres tú ahora. Además, su forma de ser y su modo de expresarse, que yo no esperaba en los habitantes de este país, me cautivaron desde el primer momento. Quizá cometí el error de pretender ir demasiado deprisa, pero pensé que a los setenta y tres años no hay mucho tiempo que perder. Su rechazo rotundo y sin explicación alguna me dejó dolido y desconcertado hasta el punto de encerrarme en casa y renunciar a relacionarme con la gente de Congedo. Pero no he dejado de pensar en ella ni un solo día desde entonces.

Días más tarde, cuando ya mi abuela se había recuperado lo bastante como para dar su versión de la historia, me contó que rechazó a Emilka porque las proposiciones de un hombre tan joven solo podía entenderlas como una burla cruel, al estilo de la película *Calle Mayor*, que Espallargas había proyectado en el Marenostrum pocas semanas antes, y de ahí su reacción tajante, casi violenta. Cuando le expliqué que Emil Turbolev, pese a su aspecto, era incluso algo mayor que ella y que no había burla alguna en sus intenciones, se sintió desolada.

También a Emilka le costó creer que su manzano hubiera dejado casi seco el valle entero. Cuando se enteró de la verdad, decidió que no merecía la pena. A finales de agosto recolectó las últimas manzanas. Luego, tomó un hacha y lo echó abajo. Transcurrió un tiempo largo, es cierto, pero en algo menos de lo que había tardado en extenderse el círculo de sequedad, nuestro valle recuperó su perdida fertilidad.

Emil nunca me contó cómo consiguió el primer manzano de Bourroms; solo me dijo que, en cada traslado de residencia que realizaba, se llevaba un injerto y lograba en poco tiempo un nuevo árbol.

Al dejar de tomar la compota, Emilka adquirió lentamente un aspecto más acorde con su edad. A mi abuela le ocurrió lo contrario y apenas un año después de su reconciliación, ambos formaban una atractiva pareja de jóvenes septuagenarios. Durante los once años que vivieron juntos, viajaron cada primer domingo de junio a Lausana, aunque luego aprovechaban las dos o tres siguientes semanas para recorrer una parte diferente de Europa. El resto del año, vivían en Congedo.

Mucho antes, apenas unos días después de que mi abuela recibiese el alta definitiva, sor Claudia Cardinale colgó los hábitos para casarse con el doctor Bálsamo. Desde entonces, pasaron a ejercer ambos la medicina sin fronteras, principalmente en países de África, desde donde llegaban a Congedo tarjetas postales cada vez más espaciadas. Ninguna en los últimos diez años.

Postales que hacía públicas Fermín Espallargas, hasta su jubilación como cartero y proyeccionista en 1977. Correos no cubrió su puesto, pero el Ayuntamiento de Congedo me contrató para diseñar la programación del Marenostrum y ocuparme de la proyección de la película de cada domingo. También hay música, danza y teatro de cuando en cuando, con el mismo éxito de público que siempre.

A finales del 78, cuando España se preparaba para votar su primera Constitución en casi cincuenta años, Emil K. Turbolev falleció plácidamente, en medio de la noche, mientras dormía. Jamás había estado enfermo.

Apenas cuatro meses después, murió mi abuela. Lamento no poder reproducir sus últimas palabras. No sería una forma decorosa de terminar este relato.

En su testamento me declaró heredera universal.

Vivo habitualmente en su casa y debo decir que el fondo de la biblioteca de la buhardilla ha crecido considerablemente en mis manos. También me encargo de custodiar el legado olímpico y personal del Gran Turbolev, incluidas sus doce medallas de oro y sus cuatro películas documentales.

Eso también conlleva otras obligaciones, como la de acudir en su nombre cada mes de junio a la reunión anual del COI en Lausana, Suiza, al volante de su Alfa Romeo Giulietta Sprint, un coche antiguo, incómodo, ruidoso, caro de mantener y difícil de conducir.

Pero si te gusta que la gente gire la cabeza a tu paso, no lo hay mejor.

Índice

Fernando Lalana

Fernando Lalana nació en Zaragoza en 1958. Tras estudiar Derecho, e intentar sin ningún éxito fundar una compañía teatral, decidió probar fortuna con los libros. Pese a carecer por completo de vocación literaria (pensaba ser arquitecto), la literatura se convirtió en su primera y, por ahora, única profesión.

Entre otros, ha obtenido en tres ocasiones el premio Gran Angular de novela juvenil (1984, 1988, 1991), el Barco de Vapor de cuento infantil (1991), el Premio Jaén de Narrativa Juvenil (2006), el Premio EDEBÉ de Literatura Infantil (2012) o el Premio Hache (2019). También algunos en el extranjero, como el Latino Book Award en California, USA o el Pier Paolo Vergerio en Italia. En 1991, el Ministerio de Cultura de España, le otorgó el Premio Nacional de Literatura Infantil y Juvenil por su novela *Morirás en Chafarinas* que fue llevada al cine por el director Pedro Olea.

En 2010, la entonces princesa de Asturias, Letizia Ortiz, le hizo entrega en Alcalá de Henares del XIV Premio Cervantes Chico, con lo que apareció por segunda vez en el Telediario de La 1. (La primera fue por el Premio Nacional).

Fernando Lalana sigue viviendo en Zaragoza, donde todos los años el Ayuntamiento convoca un premio literario con su nombre.

Está casado y tiene dos hijas que, afortunadamente, no quieren ser escritoras.

Bambú Grandes lectores